有後缀的時間

崖丽娟 著

山西出版传媒集团　北岳文艺出版社

·太原·

图书在版编目（CIP）数据

有后缀的时间 / 崔丽娟著. -- 太原：北岳文艺出
版社，2025.1. -- ISBN 978-7-5378-6943-0

Ⅰ. I227

中国国家版本馆 CIP 数据核字第 2024CZ0705 号

有后缀的时间

YOU HOUZHUI DE SHIJIAN

崔丽娟 / 著

//

出品人 郭文礼	出版发行：山西出版传媒集团·北岳文艺出版社
	地址：山西省太原市并州南路 57 号
选题策划 刘文飞	邮编：030012
	电话：0351-5628696（发行部）　0351-5628688（总编室）
责任编辑 范戈	传真：0351-5628680
	经销商：新华书店
扉页题字 赵丽宏	印刷装订：山西人民印刷有限责任公司
	开本：787mm×1092mm　1/32
装帧设计 张永文	字数：172 千
	印张：8.375
	版次：2025 年 1 月第 1 版
印装监制 郭勇	印次：2025 年 1 月山西第 1 次印刷
	书号：ISBN 978-7-5378-6943-0
	定价：58.00 元

我读崖丽娟的诗

章念驰

因为给《世纪》杂志写稿缘故，便与该刊副主编崖丽娟女士建立了微信联系，也因此在朋友圈时时读到她的诗作，方知晓她还是一位诗人，已出版三本诗集《未竟之旅》《无尽之河》《会思考的鱼》。每每读到她的作品，总让人兴奋、冲动、愉悦，是一种久违的享受。诗往往可以表达文章无法表达的复杂微妙的情感，情绪的波动和心灵细腻动人之处，诗可以用更精练的词语来加以表达。诗是语言中的皇冠，是文学中的精华，是对文字的锤炼，火星四射，久炼成钢。文章是铁，诗则是钢。所以我从小喜爱诗。

记得中学时代，我最爱去上海市青年宫参加诗歌朗诵会，还参加了青年宫诗歌朗诵培训班。在培训班上，著名朗诵演员胡庆汉朗诵了一首首名诗佳作，我咀嚼着他朗诵的每一个字的韵味，欣赏着诗的意境，他朗读的《跳蚤》，让我佩服得五体投地。他说的朗诵技巧，我已记不得了，只记得"大声说话"四个字而已。他讲朗诵最重要的是理解诗意，理解诗人为什么这样写，要进入他的意境，带有他的情感，不然再怎么读都是装腔作势。每次参加这些活动，总让我激动得不能自已。从烈士们的自白书，到马雅可夫斯基跳跃的如火焰一般的诗句，从普希金的爱情诗，到莱蒙托夫和海涅的抒情诗，直到何塞·马蒂争取自由的呐喊诗句……让我陶醉于其中。晚上下课了，我们走在月光如水的大街上，也许必须要承认那时候我们中不少人确实并没有坐公交车回家的钱，但我们内心是充实愉悦的，充满正能量，面对黑夜与不确定的未来，我们勇敢而浪漫，无所畏惧！

然而，这样的年代已经过去，我们走过了这呐喊时代、朦胧时光……激情越来越弱，没有悲壮、悲悯、孤独、愤世、狂热……那么，怎么在平凡生活中找到主题，怎么在喧闹尘世中找到自我？今天我们还需要诗歌吗，今天诗人应扮演什么角色？我作为一个诗歌爱好者，不知怎么一下子就从中学生变成了八十多岁的老翁，时间都到哪里去啦？但我没有丧失爱好与思考。

我频频读到崔丽娟女士的新作，这些新作既让我享受了诗歌大餐，也回答了我经常思考的"在和平时期诗人应该干什么"这一问题。她的诗实在太好了，也实在不可多得，她将会成为诗坛一颗明星，会为中国文坛添上灿烂一笔。她的诗最妙之处是对中国语言得心应手的运用，这种驾驭文字的能力是高人一筹的，她让单调的文字变得跳跃与活泼，优雅与达意，令人陶醉与激动，如此，把中国文字用活了。即便一首普通平凡的诗，被她信手拈来，也会变得有了生命与感情。如她写海洋的一首小诗《在落日前净手》——

千里风掀起万顷波浪
琴声在天，也在水
无云亦无归鸟，天海一色蓝

海面轻轻划过一双鞋
时间踏过了海浪
暮色托举起，温柔的面颊

在落日前净手，踏上归程
枕着流水声，我把创世神话
交给棕榈树和海风

这样一首小诗，没有一个晦涩的辞藻，但却有很好的诗境、画境、意境，又这样顺口、顺心，以读者听得懂、看得懂的文字表达了自己的所思所想，每一个字都很恰当，这就是好诗，它给读者带来舒畅，欣赏到文字的优雅，没有一点儿无病呻吟，也不是词语的堆积。

且看她另一首长诗《敏感，这枚生活的芒刺》中的这一部分，语意表达得也非常精准——

生命短暂

短到，没有答案

永恒如你，也不过一首小诗

敏感，这枚生活的芒刺，触角四通八达

用它刺破思想的囚牢

诚如该诗的另一部分，同样写到"锋芒"与 "疼痛"——

倘若，人生只如初见

欲语还休的，试探

欲迎还拒的，交锋

微笑，脂红般点缀双颊

最适合世故人情

解开心结需要多长时间

涵养浮出水面，宽容是那块最短木板

欣赏则是桥梁

敏感，收起刺人的锋芒

一切水到渠成

这首《敏感，这枚生活的芒刺》反映了和平生活时期，依然存在疼痛和纠结，需要哲理与宽容，诗则有独到的治愈心灵的作用。正如诗人赵丽宏先生为诗集《会思考的鱼》所写的推荐语那样："崖丽娟把对生活的热爱和警醒，对人性的探测和深思，以自己的方式，凝聚在独具个性的诗行中。"她用诗去描绘生命中遇到的一切，让人有痛有悲，有欢有乐。也正如诗人自己说的："写诗是我的一种思考和生活方式。"即在日常的东西里通过思考和提炼，发掘出生活中的诗意和生命的韵律。

　　崖丽娟的诗大都精练、短小、明快，会牢牢地把你拖入她的诗境。我尤其喜欢她诗集《无尽之河》里的《迷路》一诗：

　　　坐在窗前练习修辞排比

　　　不知如何措辞

　　　她迷路了

　　　重叠的意象、纷乱的韵律

　　　让她走了神，恍惚、惊慌失措

　　　就像爱情突然降临

　　　一行行的文字，错落有致

　　　是肺腑之言的泣诉

　　　亦是诀别

此后，在每一个阴郁的日子

她的诗，会以雨水的方式

将他淋湿

好一幅简练的绘画，好一篇精练的散文，整首诗惟妙惟肖，没有多余的一笔一字，能把文字运用得如此娴熟，这不是一般大学毕业生做得到的，文学教授也未必，这是一种功夫与功力，一定有特殊的经历。我作为有八十岁以上阅历的老人，多少懂得这一点。我曾直截了当问过她，你这功夫从何而来？她说："我读中学时，在父亲指导下接触并喜欢上新诗，上大学后，认真钻研历史和文学，虽然我的专业是历史，但业余时间主要用于学习写作新诗，读研究生时，我就在报刊发表诗歌了。"我一下子明白了，她父亲对她这几年的悉心指导奠定了她扎实的文字基础，学会使用语言的能力。过去人们做学问，先要治小学，即音韵文字学，培养驾驭文字的能力，然后再去治经治文，去作诗填词。如今很多人完全偏废了这基本功。这个年龄段的教育与诱导是至关重要的，我们难以想象只知炒股票、打麻将、玩游戏的家长能培养出出类拔萃的孩子。我祖父太炎先生五个最得意弟子之一朱希祖先生，他的儿子朱偰先生的诗写得好极了，诗人闻一多先生曾说，他的诗与朱偰先生相比，是自愧不如，而朱偰先生写诗的功力是他自己从小在他父亲身边耳听目染得来的！

崖丽娟是广西壮族人，在上海已经生活三十多年。我始终没有机会与她谋面，只在一些诗歌平台看过她的照片，照片上她气质优雅大方，人也长得漂亮，是一位传统型知识女性。从她的简介里知道她的诗集《会思考的鱼》荣获上海市作协会员"优秀作品奖"，诗集《未竟之旅》获得上海文化发展基金会资助出版，诗集《无尽之河》有很多文艺名家为其中诗作进行朗诵配音，2021年、2022年她被中国诗歌学会评为全国百名"优秀会员"……仅此而已，也许大家还没有发现她的才华，但她始终在努力创作，新作不断问世。她尽管有时也会觉得"江郎才尽了"，但她还是坚持"大量阅读，吸收借鉴"，不断从现实生活中去发现真、善、美，去迎接远方的召唤。她说："当我在诗歌中寄托和安顿了自己，获得了心灵的宁静与救赎时，我感到一切努力都是值得的！"是的，不断的阅读是后天的生命之泉，我相信她的创作一定会取得更大的成就。

2023 年 5 月 28 日

（章念驰，章太炎嫡孙，曾任上海东亚研究所所长。整理了《章太炎全集·医论集》《章太炎全集·演讲集》，编有《章太炎生平与学术》等，著有《我所知道的祖父章太炎》《后死之责——祖父章太炎与我》等。）

《有后缀的时间》之后缀：
关于崔丽娟的四个"想不到"

毛时安

2013 年 1 月 3 日，一个寒冷阴沉的冬日，伴着西蒙·拉特尔爵士指挥柏林爱乐乐团演奏新年音乐会的辉煌乐声，伴着拉威尔创作的色彩旖旎炫丽的旋律，我读完了《永远的苏珊：回忆苏珊·桑塔格》，同时，与在病房里的好友赵长天通电话，谈起年轻人审美的转型和变化。是的，在一个像万花筒一样瞬息万变的时代，每个人都像孙悟空一样七十二变，何况是年轻人！这些年，我一直把自己的目光投向年轻人的群落，快乐着他们的快乐，忧伤着他们的忧伤……虽然一直留心着年轻人的审美转型，但诗人崔丽娟的横空出世，依然让我拍案惊奇，特别是读了她最新创作的诗集《有后缀的时间》，我有四个"想不到"。

一是，没想到，崔丽娟会是一个诗人！有一篇文章介绍说，海明威笔下写过一个老人，每天到一家咖啡馆喝咖啡，一个女侍固定端上咖啡给老人，老人总是很有礼貌地向女侍说"谢谢"。前后十八年，两人从未交谈过。很快，她三十多岁了，要结婚了。她工作的最后一天，像往常一样为老人端上咖啡，可是老人听出放咖啡在桌上的声音不同往常。女侍问他，是否可以请你把报纸拿开，抬头看我一眼，这么多年，我每天为你端上一杯咖啡，明天起，我将离开这里，希望和你道别。我也想问你，为什么你从不看我一眼？也不与我打招呼……老人流泪，看着她说，我从十八年前进咖啡馆的那一刻，便深深恋慕你青春生命的纯真，在你的身上一点一滴发现和感受逝去的生命，我天天来，并不为了那杯咖啡，只是希冀寻回再也不能触摸的生命纯真……很遗憾，我一时没找到海明威的原文。

但故事很感人。

我自忖没有老人这么丰富浪漫的内心，唯一和老人相近的是，我认识崔丽娟时间很长，已经三十年了。可以追溯到20世纪90年代初，我和她先生李向平的交往，他是个书生意气、挥斥方遒的年轻学者。大约在1995年因工作关系认识小崔——恕我以下习惯称她为"小崔"——她大大方方对我说，我先生是李向平。因为向平，我们工作就少了陌生的隔阂。但我无论如何有想象力，也无法想象三十年间，一个因"历史的误会"学历史专业出身、曾在大学执教中国革命史和思想政治课的小崔；一个先后在上海文广新闻传媒集团当记者、编辑、编辑部主任、总编辑助理、艺术主管、宣传主管，乃至在上海某文艺院团当过领导的小崖；一个后来重新回归"历史"专业，担任上海市文史研究馆编研室主任、负责一家文史纪实杂志的小崖，在新时代的历史瞬间，华丽转身成为"诗人崖丽娟"！我长期从事行政工作，深知二者之间相距何止千万里！行政管理工作，就像手里沾满的灰尘，满手都是，但是握起来几乎啥也没有，它不需要大胆想象，却需要高度服从！如何写得来诗？这是一次从机关工作干部到抒情诗人，从抽象思维到形象思维，从公文写作到诗歌创作的真正的"华丽转身"！这也不是说她真的像契诃夫小说中的套中人，工作中，她热情高涨、忘我投入，倒使我有"她怎么像个诗人"的恍惚感……及至读了她的诗集，我立刻确认她的真正"诗人"身份。

二是，没想到，诗人崖丽娟出手那么快。一旦转身，诗情竟如火山下的熔岩以不可遏制的能量喷薄而出，以不可想象的速率，在短短几年中连续推出《未竟之旅》《无尽之河》《会思考的鱼》和这本《有后缀的时间》四本诗集，这是真正的横空出世、华丽转身。与此同时，她写诗歌评论，做诗人访谈，她和当代中国最前沿的近四十位诗人敞开心灵对话，其中有我非常喜欢的翟永明等。这是一次中国诗歌的田野调查。小崖漫步在诗的原野，满眼是诗歌语词摇曳的绿色庄稼，她尽情呼吸着弥漫在田野上空的清新与芬芳，以自己的目光视角带领我们进入当代诗歌众声喧哗的现场，为诗歌爱好者提供了一幅幅个性鲜明的诗人肖像，引领我们走进诗人创作的隐秘的精神世界。

三是，没有想到，一个突然浮出水面的"新"诗人，竟如神助，缪斯突然展翅飞到她的肩头，进驻她的心灵，让她把诗写得那么灵动飞扬，那么色彩缤纷，那么婀娜多姿。也真正没有想到，在这样一个诗意匮乏的时代，诗歌被边缘化的时代，我们又不期而遇一个真正优秀的诗人！为我们的精神生活挂起了一道美丽的彩虹。我喜欢诗歌，诗歌是我灵魂深处不断流淌的文化血脉。即使在我心情最灰暗、最压抑的十年里，在迷惘而看不到路在何方的青春岁月里，我都没有断绝过与诗歌近乎疯狂热恋的亲密接触，我国古代诗人陶渊明、陈子昂、李白、杜甫，现代诗人郭小川、贺敬之、闻捷、雁翼、梁上泉、李瑛，当代诗人舒婷、杨炼、江河、翟永明，外国诗人拜伦、海涅、普希金、泰戈尔、聂鲁达……他们的诗句像阳光雨露，照亮了我弥天的长夜，滋润过我干渴龟裂的心田。对诗歌和诗人，我除了阅读，就是仰望、崇拜。我写了大量的文学艺术评论，但我写的诗评屈指可数，因为敬畏。但我对诗的鉴赏要求还是很高的。事实上，现在号称"诗人"的"诗人"实在是太多了。把大白话拿来分分行就成了诗人。小崔的诗能引发读者内心感情的波澜，是令人刮目相看的。她称得上没有一点儿水分的真正意义上当之无愧的诗人。她的第四本诗集命名为《有后缀的时间》，足见诗人对时间的敏感。而对时间和空间的感悟，是最本质的哲学的感悟。《辑一 在落日前净手》，感悟时光的流失。《辑二 大地灯火》，犹如大地入夜星星点点的灯火，充满了人间烟火气息。《辑三 时间的窄门》，吟咏人间永远不凋零的爱情。《辑四 礼敬诗神》，我们看到了诗人与诗和艺术同行时内心的澎湃。四个专辑犹如结构平衡的四乐章交响诗，为小崔颁发了一张进入当代优秀诗人长廊的通行证。

崔丽娟诗歌有强大的悟性穿透力。两千多年前，一位伟大的哲人站在滚滚远去的大河岸边，想到的就是时间，"逝者如斯夫"；一千两百多年前，一位诗仙沉醉于皓月当空的良辰美景，举杯浩叹，"夫天地者，万物之逆旅也；光阴者，百代之过客也。"《有后缀的时间》在字里行间有许多对于时间的诗性的体认：在"海面轻轻划过一双鞋／时间踏过了海浪／暮色托举起，温柔的面颊"（见《在落日前净手》）中，时间有了美丽动人的画面感；在"沙漏是时间的利刃还是仆役／一刻不歇把时间垂直切割／悬崖般，坠落"（见《沙漏》）中，时间拥有了可以感觉到的锐利的形象；在"炙热的风，掠过／从眼角滴下一串热泪／时间有洁净的白／隐于晨暮"（见《时间有洁净的白》）中，时间的忧伤是眼角的热泪，而时间的虚无被涂上了洁净的白。"时间都有后缀／比如皱纹，比如青丝变白发／比如握在她手心的半把木梳／断了齿。又比如／妆台胭脂，渐失颜色"（见《有后缀的时间》），诗人把时间转换为"渐失颜色"的胭脂、"断了齿"的木梳，完全是属于女性诗人独有的敏锐的奇特联想。悟性使她善于在最日常的生活中捕捉到极具流动感的诗意，在平静中倾听到内心的波澜起伏、惊涛骇浪。在"布满了烟火气／各类食材陷入沸腾游戏"的黄昏走进夜色，我们听到"词的撞击术戳穿了孤独"，看到残文断句的雾的"垂幔"的动态，"荡漾，又弥合"，夜猫的长耳朵和灰色的眼珠……特别是黑色钢琴、白色琴键，一个黯然躲在角落，一个发出沉闷的抱怨。诗人视觉、听觉、味觉，全方位打开，在"微风吹过窗"的瞬间，让"夜的浪潮一波波翻涌过来"（见《飘过房顶的歌声》）。真的是"于无声处听惊雷"，写的煞是惊心动魄！阿齐博尔德·麦克利什说诗：一、"应当摸得着，却不会说／好像圆圆的水果"；二、"应当乍一看纹丝不动／好像月亮爬上天空"。小崖的诗像圆圆的摸得着的水果，又像纹丝不动地"爬上"浩瀚天空的月亮。

　　诗，是人类所有文学体裁中最有自己的灵性、气息，又最能拨动心灵琴弦的一种文体。我们曾经的生活和内心的体验，哪怕一丝难以察觉的起伏、拨动，都在她的诗的字里行间散发着迷人的异香。写作本文时正是江南梅雨时节，一天，我在小区漫步，石径上有几片从高大的鹅掌楸上飘落的树叶，像极了一件件可爱的小衣裳，晶莹剔透的雨水停留在叶片上，大大小小，虽然无味，却似乎有一种无法觉察的气息隐隐传来。我觉得崖丽娟的诗就像那鹅掌楸的叶片，有一种特别的气息，那样楚楚动人。

　　诗歌是一口井，井里盛着灵魂。井有多深，灵魂的回声就有多悠远。灵魂有多丰富，回声的色彩就有多斑斓。小崖在诗的井里，投放了她灵魂的真挚和真实。《向内》《嬗变》《感觉》《风向》《自省》《隔膜》《疵》，那些空灵飘忽的感觉、意绪、意念，由于心灵尖刺的插入，像鹅掌楸的叶片，飘出一缕清新。"寂寞，无非是黏附于潮湿情绪上的蜗牛／无非是艳阳高照的微信，来而

不往 / 无非是拥挤不堪的通话，突然忙音"，从新奇古怪的蜗牛意象放缓语言的节奏，"慢慢爬"到寻常生活的物件旁，在情绪逐渐下降到"寂寞，无非是脚踩在棉花上，无感 / ——寂寞愈沦陷，因此而愈发柔软"，终于到达谷底的绝望冰点，诗人的想象犹如寂静的火山猛然爆发"穿越惊恐绝望的荒冢坟茔 / 甫一看见霞光万丈的青纱帐 / 你或许，热泪盈眶"。峰回路转，给"寂寞"涂上了一层辉煌得耀眼的光芒（见《寂寞，无非是》）。

她的诗经常有一种非常博大壮观的气象，如这首《打开一条河》：

打开一条河，鱼儿呼吸流畅

吐出一圈圈气泡

它不满足于随波逐流

试着寻找河中养料

试着用七秒记忆

凿穿两岸的层峦叠嶂

试着繁殖更多后代

河水忠实记录下它的梦想

清澈、混浊，舒缓、咆哮

前路崎岖，暗礁阻遏

鱼儿吞咽下滋味万般

它累了

打开一条河，遇到无限可能

有时身边突突驶过大客轮

有时身后远远跟着小帆船

潜艇或鱼雷也会无声紧随

暴风雨打破航道平静

漩涡，心怀鬼胎

夜幕渴望航标灯指明方向

激流中，鱼儿变换表情、动作、姿态

鱼鳃一张一合，鱼鳞由软变硬

依水而居的古树生出闲心

替它们，捏一把冷汗

打开一条河，纵然暗流湍急

鱼群踏浪飞花，繁衍后代

　　以河中鱼的主体视角，打开大河的空间，一步一景，变化多端，生发对于生命的赞叹，最后，气势磅礴地展示了一股强大的精神力量。阅读她的诗，已然阅尽人间甘苦。心如磐石的我，就像那咖啡馆端坐的老人，品着一杯不加糖的苦咖啡，再度走进我一生游过的江河湖海里，成为她诗中的人物，感受河与鱼"清澈、混浊，舒缓、咆哮"的梦想，体味鱼儿吞下的"滋味万般"。

诗集中，她写爱情的那些诗篇是我迄今读到的最感人的颂歌。她的爱情诗对"你"从峰巅到深渊的全色系的丰富的爱的倾诉，情不自禁地让我联想起白银时代俄罗斯女诗人刻骨铭心的欢愉交织着泪痕的咏叹。我无法想象，夜莺和竖琴能歌唱、拨奏出那样复杂的旋律。而《入戏，出戏》（组诗）是属于她在文艺院团工作、体验后极具个人标识性的诗篇。我特别赞叹《辑四礼敬诗神》，枯燥的创作过程经过她反复不断的妙笔生花的渲染，道尽了以文学为业的写作人不为人知的心理场景，最后竟超现实主义地化为从身体里穿行而过的一列地铁。这样的想象力太不可思议了！

崔丽娟的诗以无比丰富的想象力、语词的梦幻组合、强大的语言张力，展现了新诗的当代魅力。

四是，没想到，她的诗歌创作如旋风掠过文学的大地，回归诗坛短短五年时间，已经在诗人、评论家、读者中激起了广泛反响和好评。赵丽宏、章念驰、王小鹰、张烨、江曾培、王纪人、孙琴安、陈子善、蒋述卓、西渡、雷武铃、杨斌华、铁舞等为这位诗坛"新人"的亮相，热情推荐，就如今天的我。确实，诗人很多，真正的诗人不多，把诗写得神采飞扬、千回百转，让人为之动容的优秀诗人更应值得珍惜。

古人云，诗无达诂。诗是语词垒起来的空间，但却不是用日常规范语言可以对译的。虽然有需要，但诗一经解读，必然诗意近乎荡然无存。崔丽娟强调"纯粹，从词语出发／一切，皆可抵

达 / 风中昂然挺立的树保持高贵的沉默"（见《颤抖的手，扶不住坚持的草》）。

今夜，请读者用自己的眼和心去阅读、感受、体验《有后缀的时间》吧！

是为序。

2024 年 7 月 8 日

（毛时安，文艺评论家，中国文艺评论家协会原副主席，曾任上海艺术研究所所长、上海市艺术创作中心主任。著有《毛时安文集》《视野·说》《敲门者》《结伴而行——海上人物剪影》等著作。）

目录

辑一　在落日前净手

003　有后缀的时间

005　在落日前净手

006　打开一条河

008　飘过房顶的歌声

010　被囚禁的空

011　向内

012　黑夜冷下它的脸

013　寂寞，无非是

014　单行道

015　秋水

016　晨曦比以往更柔和

017　嬗变

018　时间有洁净的白

019　感觉

020　走在落满余晖的林荫路上

021　街衢即景

022　风吹来吹去

023　野草一直茂盛

024　园艺师

025　茶壶

026　风向

027　浅浅一瞥

028　春景

029　当春天开口

030　夏日素描

031　立秋，知秋

032　冬天的风

033　时间利刃（组诗）

036　十二个月的风景（组诗）

辑二　大地灯火

047　致灵魂

050　隐身衣

052　自省

053 惠泽

055 藤蔓

057 写给女儿（组诗）

061 荒野呼啸

063 庭院深深

064 草垛

066 地图原点

068 修族谱

069 那样近，那样远

071 纸上的月亮

073 一只蚂蚁在大雨后存活下来

074 黄昏的树（组诗）

077 原乡（组诗）

080 城市深呼吸（组诗）

085 追踪者

087 大地灯火

089 关于信

090 最坏的风景

091 峨眉山大风歌

093 敦煌纪事

095 克孜尔石窟白鸽

096 走西部，唱天涯

097 偶过国清寺

099　西双版纳秋阳

100　河南安阳殷墟

101　广西花山岩画

102　在山西王家大院怀古

104　探访虎门销烟遗迹

106　西湖春雨

107　朱家角印象

108　漓江轻舟

109　黄山迎客松

111　同游苏州太湖

辑三　时间的窄门

115　敏感，这枚生活的芒刺

120　暮色

121　旧什物

123　一种痛，拥抱另外一种

125　时间的窄门

126　飞花令

127　冬天奇遇

128　且当一首歌

129　最后的晚餐

130　这个秋天

132　大寒

133　午夜·荷尔蒙

134　情殇

135　七夕

137　文字游戏

139　一种生活

140　无声对话

141　无法扑灭一种火

142　心照不宣

144　那颗糖

146　代词

147　痂

148　雷池

150　假如悲伤可以触摸

152　心湖

153　一些湿润的事物

155　存在者

156　泅渡

157　隔膜

158　最后一页

160　相见欢

162　幸福像无理可讲的暴徒

163　永恒之诗

165　含羞草

166　临窗听雨

167　黑夜收走了告白

168　搁浅

169　爱的回赠

170　心跳得那么快

171　月的独白

辑四　礼敬诗神

175　礼敬诗神

176　诗：指尖之舞

177　生活的芳醇

178　纯诗

180　造诗纪实

182　黑镜子

183　绝句

184　字的三原色

185　标本

186　拂晓

188　重叠与开放

189　颤抖的手，扶不住坚持的草

190　一列地铁从身体里驶出

191　傍晚有风

192　入戏，出戏（组诗）

197　旗袍故事（组诗）

204　姐妹坡（组诗）

209　行吟诗人

210　柔软颂

211　语言开出美丽的花

213　妙手回春

214　端午

216　册页

217　孕：未来之诗

218　自由飞行

220　等候

221　跋一　拧亮生命里的那一束光

230　跋二　重塑的观看之道

236　后记　诗人，你是时间的人质

辑一　在落日前净手

有后缀的时间

一枝玫瑰花，一段爱情
哪一样会更为长久？
问月亮，它羞得躲入云层
镜子里的真实影像，总是相反

时间都有后缀
比如皱纹，比如青丝变白发
比如握在她手心的半把木梳
断了齿。又比如
妆台胭脂，渐失颜色

低头向那枝枯萎的玫瑰
也向被时间遗忘的后缀
爱情，尽可用来虚构命运
你正用，半生的笑
我反用，半生的哭

敲响生命最薄的那堵墙壁
按压奔突狂跳的心脏

我将浪漫、深情、热烈
储存进心灵的金库

玫瑰花忘记绽放到枯萎的过程
矜持击败行动，虚无认领思念
你在天街，打着灯笼
我在云中，折叠纸鹤

在落日前净手

千里风掀起万顷波浪
琴声在天，也在水
无云亦无归鸟，天海一色蓝

海面轻轻划过一双鞋
时间踏过了海浪
暮色托举起，温柔的面颊

在落日前净手，踏上归程
枕着流水声，我把创世神话
交给棕榈树和海风

打开一条河

打开一条河，鱼儿呼吸流畅
吐出一圈圈气泡
它不满足于随波逐流
试着寻找河中养料
试着用七秒记忆
凿穿两岸的层峦叠嶂
试着繁殖更多后代
河水忠实记录下它的梦想
清澈、混浊，舒缓、咆哮
前路崎岖，暗礁阻遏
鱼儿吞咽下滋味万般
它累了

打开一条河，遇到无限可能
有时身边突突驶过大客轮
有时身后远远跟着小帆船
潜艇或鱼雷也会无声紧随
暴风雨打破航道平静
漩涡，心怀鬼胎

夜幕渴望航标灯指明方向
激流中，鱼儿变换表情、动作、姿态
鱼鳃一张一合，鱼鳞由软变硬
依水而居的古树生出闲心
替它们，捏一把冷汗

打开一条河，纵然暗流湍急
鱼群踏浪飞花，繁衍后代

飘过房顶的歌声

黄昏。光线快速切换了场景
厨房布满了烟火气
各类食材陷入沸腾游戏
清蒸、干煸、翻炒、煨炖
香味儿更加重你的厌食症

孤独的夜行者
失眠有如利剑空悬眉心
沉重躯壳找不到温软的床
当你躲在黑暗中偷欢
通向光明的梯子摇晃着

渴慕，从夜色中攫取有限的灵感
词的撞击术戳穿了孤独
残文断句在你的身后
雾一般的垂幔
荡漾，又弥合

午夜。猫耳朵伸长

灰色眼珠紧盯着玻璃窗和墙

扭亮台灯，画框里的线条

向着田纳西的坛子汇聚又分散

餐桌上，一盘瓜果泛出青色幽光

周遭安静下来，猫咪踱步书房

黑色钢琴黯然躲在角落

白色键盘枝生一串沉闷抱怨

惊醒于飘过房顶的歌声

微风吹过窗，你听——

夜的浪潮一波波翻涌过来

被囚禁的空

一夜无眠，星光绕床，滋长幻觉和意念

白玫瑰红玫瑰的心思最好别去猜

香艳的文字有多重隐喻

美丽婚纱上，昨日的甜蜜逃往茫茫夜色

午夜大街，路灯忠于职守

橱窗里的时尚在不眠之夜流溢

我像是被粗心顾客无意带回家的

一只水晶鞋，另一只在低调奢华的柜台举目无亲

空虚茫然的我，被约定俗成的词语定义为

沙发土豆。荧屏闪烁困倦的雪花

主人公的命运戏剧般潜入诗中

上帝从不主动给盗火者一首赞颂的诗

暗物质发生化学反应

风是蜜蜂的传声筒

雨夜让蝴蝶怀念清晨和花朵

在被囚禁的空里，若有人妄想盗取雷池天火

我会警告旁逸斜出的藤蔓枝条

谁见折翼的鸟儿，飞上高空

向内

坐在午夜的时针上，时间被失眠
回拨。花朵在黑夜里失去颜色
又一次站在十字路口
选择，是痛苦
不选择，是绝望
人来，人往

向内倾听心声，低头，徘徊
艰难做出唯一选择，朴素心愿都需要奇迹
你必须面对身处人群中的孤独
人海中想要打捞一份真情
闭眼，打开盲盒

四通八达的可能
引向千里之外，茫然无措中
街灯照亮午夜回家的路
谨记：得乎其内，不待其外
伏案画画儿，挑灯写诗吧

黑夜冷下它的脸

遗忘,本该扔掉的石头
被你小心收藏十数年
妄想以整饬的修辞
在循环记忆中展开救赎
醉卧畅谈,也不过是
寂寥日子里偶尔的喧嚣
热情,如熄灭的星火
提示冷寂界限
盛宴散席,黑夜
冷下它的脸
制造一起又一起
难以自证的疑案
红尘滚滚啊滚滚红尘
碎石的哀嚎
垒砌成了
自我的囚牢

寂寞，无非是

寂寞，无非是黏附于潮湿情绪上的蜗牛
无非是艳阳高照的微信，来而不往
无非是拥挤不堪的通话，突然忙音
插在发髻上的玉钗，单一只
斟满酒的杯子，无人对饮

蜗牛慢慢爬，所经之处留下牛奶般的痕迹
寂寞，无非是气温最低时内心升起炉火
——雪飘落地上，无声化为水，沦于污泥
寂寞，无非是脚踩在棉花上，无感
——寂寞愈沦陷，因此而愈发柔软

接下来，时间无尽慢
穿越惊恐绝望的荒冢坟茔
甫一看见霞光万丈的青纱帐
你或许，热泪盈眶

单行道

撑杖，渡河，过桥
孤独的记忆是一道道坡
一道道坎，一波波浪，千回百转
道阻，且长

你有坚定的决心
还有汹涌澎湃的热情和爱
低头，抬头，人不过一日三餐
一条单行道，曲折起伏

花开过，风声，雨声
天空有彩虹，大海有波涛
一路上，命运的安排
频频出人意料之外

孤独之路泥泞不堪
涅槃重生的勇气如利剑出鞘
时间让我们忍耐的
都格外精彩

秋水

推开秋水，望不到箭矢射向何方
流水从梦中迂回前世
一颗鹅卵石，沉默于水底
感知激流回旋的温柔
以及，冰凉轻吻

秋水伊人
把一首首诗精雕细琢
珍珠般，圆润晶莹
静听天地流水淙淙
失而复返了，一寸寸光阴

晨曦比以往更柔和

一片海滩上，白色沙粒被海风吹着
天空渐渐泛出浅白鱼肚
海面开始长出层层红色鳞片
晨曦，比以往更为柔和

椰树下，我把手掌反复摊开又收拢
黄沙在握，飕飕凉意从手心滑过
目光顺着鱼群游走，海岸线遥远
漫长。一对鸥鹭痴情对人间眺望

那一年，十八岁的我独自出远门
少女的心，被海浪不停地拍打
晶莹的泪珠，挂在眼睫毛上
忧伤与海蓝色交织，旋转成
夏日清凉的雨点。这柔和的晨曦

——这，青春的桅杆

嬗变

夜，灯光迷离
洁白之纸倒映繁星
星与星的问候太过遥远
答案不会出现在同一时空
猜度久久盘桓，不甚明晰的
暧昧，在两极选择中迟疑

对话，是一种预设
表达，辐射昼与夜

梦想的契约已被现实撕毁
双眸点点星光，不惧黑暗
掌心承接朝露，花香滂沱
岁月保留的花籽粒粒饱满
翅膀终将做出正确的飞翔

表达，是一种预设
对话，辐射昼与夜

时间有洁净的白

炙热的风，掠过
从眼角滴下一串热泪
时间有洁净的白
隐于晨暮

天地静谧，墨水般漆黑
词语困倦休息。密不透风的夜
像一堵高墙
割断视线

星星眨一眨眼睛
摄下黑暗中的剧情
旭日羞红了脸
等待一场婚礼逼近

感觉

口吐莲花之人
语气中暗藏的
那一根
刺
激灵麻木的
神经
时间骤然
停止

鱼肉鲜美
丰富着味蕾
饕餮以舌剔骨
如鲠在喉
饥饿是我
最喜欢的
感觉

走在落满余晖的林荫路上

绕过 8 号楼、5 号楼、1 号楼

经过湖心倒映的树和云彩

慢慢走在小区夏日

落满余晖的林荫小路

我是人间过客暂住 12 号楼

不知不觉已住满十五年

我热爱小区每一寸草

每一棵树，每一朵花

它们的淡淡清香和勃勃生机

让我内心湿润柔软

迎面走来一个人，惊魂未定

战战兢兢地彼此让过

天空的云彩纹丝不动，凝视着

一个小心翼翼的女人

走在初夏黄昏

落满余晖的林荫路上

街衢即景

十字路口，左无人，右无车
街心公园，街道店铺，公交车站
从我短暂的生活里溜走
恍若我离群索居很久了
像经历过一场战乱，从冬季直跨夏季
人行道上，梧桐侧目而视
蒙尘，零乱，略枯萎
黯然伫立，令我产生幻觉
摘下眼镜这一刻视觉模糊，我愧疚
无法以精准语言描述与它们隔离的
日子。希望别错会我的致意
驻足、停留，倚靠梧桐树小憩稍息
是它们，听从内心的召唤
倔强地成长，请保持住
这种正气。你说

风吹来吹去

三三两两的游人
公园里，随意而自在
三年大疫刚过，初愈的人们
散步、闲聊、静坐、发呆
夏日的风，分享他们的喜悦

长椅、秋千，作为道具
或装饰，供游人收拾困倦疲乏
鹅卵石小径蜿蜒伸向凉棚
风吹过，花瓣想和落叶握手

自由的风
从不把幸福和痛苦拿出来示众
把握住分寸才能享有尊严
你看啊——
风吹来吹去，过着自己的生活

野草一直茂盛

时间的弹簧向两头拉扯
为生活奔波的脚步，匆匆又匆匆
忽略身边的草长莺飞

狂风像一把扫帚
女儿连衣裙从阳台轻盈飘落
像蓝色的蝴蝶停在茂盛的草上

朝九晚五，难得有空注视这片草坪
此刻，随风起舞的草儿不会知道
有人盯着它看，不顾大风呼呼作响

我楼下小区一隅，野草从来没有
被时间遗弃，它们一直茂盛鲜活
像从大地深处寄出的绿色信笺

园艺师

园艺师沉醉于自己的手艺

或摆弄，或侍弄，或卖弄

将满山的松涛声搬到园子里

将不起眼儿的石头赋予特殊样貌形态

将野外的花，用不同的容器

缩短或延长它的生命

将雪山的冰水修凿成一条小溪

将乱草丛生的坡地打理齐整

假山旁，带伤的树干，以美之名

装饰，以爱之名雕琢

成长的缺憾

顷刻间，美、爱，和他们造的梦

不可思议地装饰了我们的世界

茶壶

一把精致的茶壶，对我来说
不仅是器皿，而且像是一件艺术品
事物从来没有唯一恒定的用途
即便被要求用它来写一首同题诗
众人仍然难以为茶壶的同一性命名
当我用它斟茶、款待友朋，茶色清亮
举杯，交换彼此内心的温暖
屋里溢满氤氲气息。吟诗、品茶、赏花
手机屏幕滚动的文字活色生香
考究工整的辞藻，像极佐茶的小点心

风向

喜欢风，洒脱空灵
从不在意相聚或分离
在广阔天地自由穿行

喜欢风，不动声色
变成雾，变成云
任由日晒雨淋

喜欢风，静如止水
去无踪，来无影
从不挟带任何私情

喜欢风，不合时宜
让偶然的相遇
留下恒久的余音

风与万物擦肩而过
它一旦确定方向
万物比它更轻

浅浅一瞥

一枝独秀，是一朵花的烦恼
百花争艳，是一群花的忧伤

春，一位多情的妙龄少女
明媚春光是她温柔的眼波

只投来浅浅一瞥
桃花、梨花便羞红楚楚花容

倾倒了——
无数爱春的人们

春景

春风吹开窗帘一角
梦蘸满绿色浓汁
挥毫，锦绣绫罗
柔媚的阳光下
我守着一株粉红桃树
看它喜悦、丰硕

蝴蝶张开彩虹翅膀
热情拥抱眼睛和花朵
春水涟漪，一圈又一圈
像一张经典老唱片
刻录下春姑娘的
倩影

你低头浅笑
池中鱼儿游过来
要吻你

当春天开口

春天开口说的话，有时候
像柳絮轻舞飞扬，过敏体质的人
会忍不住打喷嚏，皮肤又痒又红肿
它让我们警醒反思，有时候
少说话是避免出口伤人
春天的话，有时候像风，柔软
有时候化作雨，温润；有时候仿佛
太阳，暖洋洋的春光。不同的心境
换上不同表情。树枝上枝芽鹅黄
草地上青草返青，花园里百花争艳
一切都是感恩四季的轮回，是回报
时序的更迭，是反哺生命的成长
春天眼瞳佩戴绿色滤镜
那淡淡的、粉粉的、嫩嫩的景致
摇曳令人莫名感动的欢喜和忧伤
当春天开口说话
你只要学会，欣赏与倾听
……

夏日素描

黄昏。雨，落了下来
一对恋人，走在我前面
伞下，并肩而行
男孩子，右手撑伞
女孩子，左手轻揽男朋友的腰
他们步调一致，节奏相同
一对佳偶天成，贴得那么近
情侣装优雅得体

雨，肆无忌惮地下
那一刻，我相信不可能有一首情诗
能将夏日的激情和青春的甜蜜
从童话世界复制回生活现实
我们前后相距不太远
依稀能听到雨打在伞面上的声音

我放慢脚步，悄悄移开眼睛
生怕羡慕的眼神，经雨水清洗揉搓
瞬时变成一块爱嫉妒的橡皮擦

立秋，知秋

残留的光影闪烁树梢
瑟瑟秋风馈赠人间一个字：
凉！

凉如薄纱轻拢大地
树和河流随风注释天气
感知落叶渐失温度
倾听，季节吹奏长笛

月色变老，秋风急拍紧闭窗门
光阴跟随白发飞走
惊寒，雁阵南行

路人行色匆匆
地白天青，晚来风急

冬天的风

我知道，这冬天的风
冰冷、僵硬，还有点儿固执
无形的手指将纷乱的头发
塞入帽子里取暖
帽檐下，是一双不畏寒冷的眼睛

一棵棵冬树，被风拉近又推远
像任性跑过的小兽不停嘶鸣
落叶舞蹈在大风里
飞旋成褐色蝴蝶
立于未知，在岔路口惶恐

漂泊的旧鞋子里
双脚开始与归途相认
在返乡拥挤的人流中
回荡着，碎裂的声响
触动大地颤抖之心

冬天的风，冷眼旁观
对这一切，未置褒贬

时间利刃（组诗）

沙漏

沙漏是时间的利刃还是仆役

一刻不歇把时间垂直切割

悬崖般，坠落

标准的流水线条，细腻像暗喻的诗行

谜一样。无人可以参悟

有形，无形

日子在运转，命运在流动

漏下的

全都生死未卜

十年

十年的回忆是一锅入味的炖菜

尝一口，万般滋味浸透了味蕾

——掰扯他的食材，大汗淋漓

日子的衣扣解了下来

孤独是吞噬时间的炉灶
柴火熊熊燃烧，火苗噼里啪啦地跳
一年年，日子跳了过去，一炉子灰烬
看不到往日形状

掌纹

这天，把手洗干净
仔细打量掌心纹路
深与浅，长与短，模糊与清晰
如同人到中年经历的沧桑
纵横交错的脉络，应有尽有
人生，酸甜苦辣；命运，高低起伏
任谁也逃不掉，这冥冥之中
密密麻麻的线条
有形无形的
操纵

紧握拳头
我听到时间布帛撕裂的声音

清晨的思考

晨曦微露，思考者犀利的眼光

射向即将沸腾的生活

每一天忙碌，可否让灵魂安宁

朴素的日子，是否有高光时刻

智者冷峻的激情曳动浪漫的琴弓

不要辜负岁月大转盘美妙的乐音

对生活诉说不竭的希望

镌刻于心的理想，是原始生命支撑力

时间永恒的进程按部就班

奔跑吧，让梦想，展翅飞行

十二个月的风景（组诗）

一月·风

当风刮向我时，身旁的树
绷直了身体，长发飞舞
看不清侧身闪过的人
一月用风歌唱，也用风沉默
在风声里，我读金属质地的诗

此时，风无边，我亦无边

二月·玻璃心

水仙花球在手中旋转
层层蒜瓣般碎屑伴装涅槃化作泥雪
瓶中根茎略显脆弱
注入清水，芬芳可期

风雪分娩寒气
年底，职场混战成一团乱麻

物理学的作用力与反作用力

反复拉扯，失神于分裂、坠落

易碎的，又何止玻璃心

三月·春

河水结束冬眠，清泉凿空坚冰

镜子碎裂处闪耀热泪

枯枝、败叶，已还给大地

树木挂着葱茏的绿意

无需敲锣打鼓，春风这把剪刀

一夜完成使命

惊讶的是，绿色墨渍

转眼泼满山河

四月·清明

《聊斋志异》的"借尸还魂"

《画皮》真假莫辨的脸和血红的心

大人、小孩儿都爱看

《牡丹亭》梅树旁边的石头
书生入梦，倩女幽怨
罢了，罢了

清明时节，雨、晴，悲、喜
家家都有那本难念的经
全写在冥纸上

旋即又都
烧成了
灰

五月·鲜花

年少时种下的花粒
至今还没长出花苞
高贵的梦想略低于尘埃

大地珍贵之物，五月鲜花
把幽香奖赏给纯净的蓝天
爱美之人，有芬芳同行

天山雪莲，不畏艰难和寒冷

向上，它奋力攀爬

自身陡峭

美的眼睛，总在高处深情

六月·梅雨

雨丝、雨雾、雨帘

自天而降，在江南六月

梅雨把大地郁积的尘埃荡涤

一杯咖啡，几许甜点，约了下午茶

读懂一首诗的欢喜和疼痛

雨水浅湿吴侬软语

梅子天性敏感，多了些小心思

暗紫红的眼睛脉脉含情

酸酸甜甜，圆润而丰盈

七月·夏日默片

九个太阳喘息着

翻滚、炙烤、挥发

沉默吮吸凉风
汗滴被雨水渴望

土地皲裂暴露信仰的贫乏
思维昏昏欲睡，乱成麻
舌头打着结，语言卑微的根
从树的胸腔喷出

热浪，又一次吞没声响

八月·方熄的烛火

仅剩一丝丝挂在树梢晃悠
细看却发现
树梢晃悠不是风带来的
烈焰的余光，烛火般跳荡

天色渐黑，黄昏降临
方熄的烛火消隐
树叶停止了交谈
月满西窗，愿望向上生长

寂静向天空索要繁星

九月·秋凉

秋阳像天使为万物铺上羽毛
轻柔如桂花香
落在枕边
时间，陷入睡眠

一觉醒来，树梢挂满了霜
季节伸出长长的手臂
悄悄递上御寒的羽绒服
流年说：时间的力量很强大

十月·秋色

挽留之手难以抚平日子的褶皱
裙裾下，尘土被疾风携带到
深秋。时光流动疾速
转身，秋色就被扯开一道口子
风起处，一朵野菊孤独绽放
蝉鸣随秋风，远去了

落叶金黄遍地
夜的声音寻找某种方式

读懂自己。为给记忆写满
注释，我把你的影子植入心里
思绪缠绕，虔诚把心交给黎明

爱情，是一出生命大戏

十一月·初冬之夜

风，自北而来
吹干了梦和光阴

失眠于相思榻上
朗月照临

时间在臆想中飞逝
昏昏然是情爱缱绻的屏障

静听远去的秋风萧索
仿佛冬之手

正将世间纷扰的枯叶
瑟瑟抖落

十二月·雪

大雪把万物悄悄藏了起来
……这一场雪，下在广西桂林

独秀山峰，月牙池里
雪，白茫茫一片，像一张睡眠中的白纸

大地再没有任何生命体征自证清白
唯有一阵阵寒风，搅动
一朵朵雪花……

呆呆坐着，纸上也是一片空白
大雪纷飞之夜，我坐等一朵雪花
偶然地飘进心里

辑二　大地灯火

致灵魂

当我反躬自问，世界被隔离开来
我们曾经亲密无间，灵与肉合二为一
比俗尘烟火略高的明亮和温暖
共同闪耀希望与爱的光芒
我亲爱的灵魂，你现在何方？

你曾劝我从痛苦中解脱，忘掉"我是谁"
你是我的骑士，我相信你会勇敢保护我
试着听从你的建议，让自己安静下来
我相信了你，以为只要忘了"我是谁"
就可以从烦恼的海洋里逃生
在这场战争中，幸免于难

但是，你却滥用我对你的信任
把我送给你的武器直接指向我
你扼杀了我的希望和我的梦想，也几乎杀死我
你还囚禁我的爱与勇敢，让我变得逆来顺受
于是，我所剩的智慧仅被用于生存
你赢得了这场战争

我已经过于疲乏了，需要好好休养生息

当太阳落山，黑暗随之而来

亲爱的灵魂，如果我沉睡

你是否真的由此获得自由？

如果我仍想带着希望和梦想沉睡呢？

难道你看不到，在打败我的瞬间

你脚下的大地随之崩溃，心灵之树纷纷倒下

当我注视你的眼睛，绝望之火燃烧

你已经意识到，我并未忘记"我是谁"

——根本不想，也不可能让你来改变我

不要以为看到我流泪，就自以为比我强大

我太清楚利剑刺入身心的诸般感受

请你放下手中的剑，我累累伤口艳若桃红

哪一处不是拜你所赐？是时候终止这场战争了！

亲爱的灵魂，我身心俱创躺在这里

——是的，现在就毫无防备躺在你面前

你是否足够勇敢再给我最后一剑？

此刻，你眼中盈满痛楚的泪水

手中的剑如此悲悯，在与我充满敌意的

战争中，你该有多么疲惫？

让我们尽快结束这场纠缠吧，亲爱的灵魂

和平共处，自此，相安无事

纠缠不休，或者，万劫不复

隐身衣

神说：你才是自己命运的称职画家。

——题记

我猜，一定有一位我所不知道的隐形画家
为我挥毫泼墨塑造游走于世的
大写意形象。
笔法尖锐、曲折、跳跃
在命运的画布上浸润点染，纵横捭阖
天空、海洋、大地都是他的灵感

游走半个世纪的心灵，沟壑纵横
被他用一条条虚线和实线
细腻地勾勒出，生命的纹理肌脉
正直善良，父母所馈赠
孤独敏感，上天所恩赐

爱过、笑过，我亲自动手在画布画下自己
那些让我恣意沉溺，却无法救赎我的
华丽辞藻，长年累月流离失所

仿佛一些拙劣的赝品

代替我现出原形

忏悔于尘世

旁人说，无论是你画他画，色彩都很逼真

其实，我更想拥有一件黑色隐身衣

自省

以面壁思过方式
把黑夜反省成黎明

自我良好的感觉
像精神鸦片

迈向天堂或坠入地狱
他人是你的镜子

他们连同与你无关的人
构成一张生活之网

每一个单独的"他"
确定了"你"的俗世坐标

他人接纳和认可
你,才有一席之地

惠泽

——给父亲

小时候，跟在父亲身后我登上家乡
最高的山顶。懵懵懂懂捡起小石子
扔下山谷。谷底深不可测
传来沉闷的声音。我隔空大喊一嗓子
仿佛自己把自己扔了出去
回声反弹回来，像另一个自己
环绕于父亲身旁，奔跑不停

长大了，我坐在异乡的山顶听风揽云
孤单的自己小心躲藏进呼啸的风声里
山谷传回来一阵阵空旷的回声
如同一匹匹野马狂奔。身旁没有了
父亲的陪伴，没有遮风挡雨的大手
抚摸我的小脑袋。在苍老的山峰之巅
再没有经典的画面成为风景

步入中年，常常困倦躺在沙发上
空气混着茶香在梦中融合
透过记忆虚掩的柴扉

窥见扬尘的岁月如一棵老松
不悲不喜，不荣不枯
昔日青春荣光骑着单程的风
来了，去了

父亲珍藏的俄罗斯诗集陪伴着我
书上批注密密麻麻，铅笔划过的痕迹
留在模糊的镜像中
像蚂蚁在我的眼睫毛上爬行
悬赏一个爱一个吻，加持给父亲大人
许多必然和偶然让我重复着他的爱
不打折扣，也不需要任何旁证

缪斯女神缀满玫瑰现身
她慷慨地把那些花的芬芳
词语的芬芳和爱的芬芳
统统惠泽给了我
父亲微笑着牵我的手走进书房
那一瞬，我骄傲得仿佛
站到了缪斯的身旁

藤蔓
——给母亲

我知道，你常常伫立在家门口
以沉默的忧伤
与风雨，与时间，与黑暗对抗

你因此爱上，一切沟通信息的渠道
电话、微信，火车、飞机
天天关心各地的天气预报

岁月漫漫，孤寂有如刑罚
你的等待长出绝望的藤蔓
不经意就爬满家的四面壁墙

你一生辛劳养儿育女
枝丫开了四面八方
儿女出息是你最大的骄傲

你说，母爱就是祝福孩子长大
盼他们展翅高飞，远走天涯
再心甘情愿等着倦鸟归巢

母亲，我因此想为你写一首赞美诗
当我这样想时，柔情羞涩
在僵硬的躯壳里，躲藏

母亲，我还想打造一座超时空花园
让爱越变越温柔，既像满园待放的花苞
又像家乡荷塘里的藕，慢慢成长

写给女儿（组诗）

咖啡女孩

疫情期间，你在香港，我在上海
一个声音穿过电波
撞击我的神经：我想喝咖啡！
拿铁还是卡布奇诺？
噢，对了，我想，你一定
惦记略泛苦涩味的黑咖啡
抿着嘴唇，藏起小虎牙
露出一对浅浅的梨涡
闲暇时，你喜欢在画布上随意涂抹
花朵、阳光、沙滩、背影

没准，像往常某个午后
你随意倒上一杯红葡萄酒
坐在阳光屋，看光线
摇曳穿过高脚杯又落在客厅的
地板上。在时间的流逝中
你已经学会欣赏不完美的自己

就像接纳一杯略带酸味儿的葡萄酒

和一杯略带苦味儿的黑咖啡

黄浦江，倒映万国建筑风姿

淮海路，掩映法国梧桐情调

噢，时尚女孩 vivi

白兰花、栀子花别在衣襟串街走巷

没有矫情，你是上海女孩儿的典型代表

青春的呼吸从上海向香港漫溢

你满足了一个外地母亲

对于上海女孩儿

所有美好的想象

空房子

这是一年的最后一夜

你房间里亮着的那盏蓝色花灯

多像你望着我的可爱眼睛

我可爱的宝贝，漂亮的女儿

你穿过的红衣服、白裙子

你的鞋和帽，你的钢笔和小人儿书

陪伴你长大的小公主，唱着歌儿

还住在古老的城堡里。她将驾驶
南瓜车，带着温柔的心事
抵达花期

一切，都是静悄悄的
我看到那张淡粉色小床
它空在那里

漂泊自语

孑然一身，大都市里漂泊
犹如风中之鸽
猝不及防，又冷又急的寒流
穿膛，而过

回忆中家园有婉转的关怀
我却自负错过
陌生城市里，流浪者的足音
如泣，如歌

静静倚窗而立，暮色绽放花朵
为何悲愁，为何落寞
夜夜望天而叹，只有

孤独的我

想哭，想笑，想唱，想跳
宣泄方式，疯狂迪斯科
学会掩饰，学会解脱
人格分裂可是现代文明苦果

夜空繁星闪烁，世界迷离扑朔
许多不解之谜令人困惑
谁是真实的他，谁是真实的你？
谁又是真实的我？

荒野呼啸

发明一个词语为背井离乡的先人
写一首短诗留给返乡认祖的后辈

——题记

时隔多年重返故园，我奔跑于
一座座山坡、一片片树林、一个个坟头
烧香，祭拜，祈祷，磕头

恍惚间，外婆的糍粑，外公的柿饼
大舅舅的甘蔗，大舅妈的玉米
二姨父的大西瓜……挤在舌尖酿成蜜糖
亲情不断发酵，经幡唤魂呼啸，在荒野
痛悔、遗憾、认命，在所难免

天空飘浮的云朵，多像我们的孤独
身旁流动的河水，多像我们的血液
脚下坚实的土地，多像我们的灵魂

经历太多物是人非和生离死别

亲人的墓碑，为诗句做了注脚——
少年离家的心情有多么轻盈欢快
年老还乡的脚步就有多么沉重踌躇

庭院深深

乡村庭院是外公外婆青春藤蔓
垒造的家园。节假日我回到此处
他们早已经去往彼处
岁月，这座生满铁锈的古钟
断断续续敲醒我
葳蕤生香的枝叶，凋零、败落

多年前那枚月亮照着庭院
屋檐下的红辣椒
葡萄架上的紫藤、秋千
院中水井，后院竹林
在眼前浮动飘移
一晃而过

城镇化，风卷残云横扫乡野
父母住城里，宛如人间匆匆过客
忧伤，总难把思乡缝隙弥合
返乡寻宗问祖，眼含泪水
但见啊，深深庭院
枯藤缠绕，更深，露重

草垛

酥软的泥路沿十万山脉蜿蜒
回家足音踩低了田埂
光阴被风化，记忆橡皮筋被拉长
寻找水井和风车，阳光穿过稻香
谁坐在高高的草垛上放歌
松涛在山坳发出轰鸣声
像忏悔，灌满耳朵

风，推开院门，往事在屋檐悬挂
儿时玩伴呼唤，面孔互相辨认
此刻，乡音握住乡音，血脉紧连着血脉
藤椅，摇晃旧日
老屋，陷入沉思

夜深沉。披衣来到村头
用一双游子的眼睛，贪婪地打量
村口的榕树，回忆里无数次爱过它
又曾无数次出现在梦中
苍穹下，茂盛的枝叶像巨伞

撑开，甜蜜地呼吸

今晚，我和大树并排站立
榕树下，一把泥土紧握在手心
村头小河湍急而过
山峦沉睡，竹林刮过一阵风
松涛声轰鸣，像忏悔
灌满耳朵
是谁，还坐在高高的草垛上放歌

地图原点

耳际突然响起一首歌谣

记忆风车穿越三十年，思念张开细密的薄网

遥远的南方，一个小村落

麻雀清脆歌唱，野花稠密盛开

家门口那片竹林，莫名苍翠

舅舅一边干着农活儿，一边唱着他的寂寞

小时候聆听一首歌，时间会走得很慢很慢

外婆家村口流淌一条小河

卵石可数，意境幽远

这边蜻蜓点水，那边鱼跃龙门

远山，叠嶂

村头，炊烟

山上，有春笋松枝

山下，有稻田黄牛

牧童在田野，飞鸟在天空

小时候欣赏一幅画，眼睛会停留很久很久

离别故土三十余载

外婆曾经的殷殷叮嘱，舅舅挥别的手

随记忆的风车轮转，让每个平淡日子都温馨无比

老宅收藏的嬉笑声已被岁月风干

大片田野在回忆中泛起绿色波浪

像我久久无法平复的心情

古朴的村寨浓缩为地图上的一个点

偶尔，卡住我急促的心跳

修族谱

七十岁的父亲突然热衷于修族谱
他相信，族谱里有还乡的安全通道
寻踪，辨认先祖
在广州弟弟家客居久了
老花镜片四处反射家乡山水的光影

女儿，从上海回来探亲
学历史的她成了父亲的好帮手
整日敲打电脑键盘
翻遍族谱，她向父亲纠谬
大多数乡贤并没有如期返回家园
热衷于修族谱的父亲
对此结论，听而不闻
只用手，轻轻扶正倾斜的镜腿

久别重逢的亲人从族谱中走了出来
修完族谱，她也越来越相信
叶落，要归根

那样近，那样远

1

群峰倒影，竹筏向江心聚拢
乡情像一块灰色的铅，压在返乡船头
一群鱼鹰，翔起

斜倚船栏，舱门把水声屏蔽
关不住，怯怯情
那样近，那样远，峰峦和水影

岸。家。伸出手臂
江水托举起落日
红色勋章，盖在暮色里

2

游子双眼，刀剑般犀利
与紧闭的家门
对视

推门而入，亲人迎面拥怀

一语未发

泪，已先流

经年念想之花

为谁，绽放芳香

一刹那，风起云涌

纸上的月亮

今晚，天上的月亮
是游子的，也是诗人的
幸福或忧伤，流传千年
印在了书上

你的月亮，我的月亮
都是，纸上的月亮
一辈子，画在
彼此的心上

我不知道，中秋月圆
究竟代表了
幸福，抑或忧伤
它挂在天上

一缕清辉的冷光
洇透了
古往今来多少宣纸
诗的叹息，无声落在书上

月下，乡愁不经意飘过了
迷离的眼睛

一只蚂蚁在大雨后存活下来

返乡给老奶奶和刚去世的父亲扫墓
清除杂草，摆放供品，点燃香火
我们虔敬在坟头轮流重复着
约定俗成的规定流程
供品足够代表我们的孝心
仪式感增加了——肃穆
程序减轻了——悲伤

收拾器皿时，我们讶异于
一只蚂蚁在大雨后存活下来
绕过坟头前面的供品笃定地爬了过去
祭扫过程，雨水代替我们的眼泪
下山路上，我轻声对先生说
多年扫墓未下雨，今年这雨好及时

黄昏的树（组诗）

婆婆住在养老院

婆婆住在桂林大风山养老院，带上女儿

让她看看老人们在那里如何度过一天

他们按时起床，吃饭，服药

做操，唱歌，游戏，散步，睡觉

能够自理的老人，像听话的小学生

被将他们送到这儿养老的亲人

用不同的方式减龄，仿佛回到了童年

被岁月过度曝光的脸庞

贴上慈祥、安逸、天真的防伪标签

曾经的激情、智慧、挥斥方遒，全然不见

不能自理的老人，在逼仄的房间单人床上

靠着、躺着，轮椅上呆坐着

药片被护士塞进水泥喉

点滴，流入血液，代替呼吸

黄昏的树，也寡言

像我和女儿此刻默默地注视这一切

又默默地返身人世间

养老院也有春色

在银发编织的养老院，青草略高于大地
春风拂柳时，莺啼燕语，树叶张开眼睛
黄昏的树，被阳光穿透苍老的身体
依稀听到地下蚯蚓蠕动的碎步
刚入夜，桃花和梨花闻香卧谈
养老院也有春色

把春雷喊醒，把沉默孤独的老人喊醒
不允许遗忘，山涧溪流在欢唱
养老院也有春色，柔软的土地冒出新绿
在清新空气中领受春色
沐浴更衣，双手合十，感恩
红尘，值得眷恋

记忆看见我

是的，一定是预谋躲不掉的宿命
记忆来看我，你站在岁月峭壁上
向我招手，地平线让你变得渺小
夕阳下，你却把青春的余光拉长
感谢落日，此刻又圆又大

我们都老了，你让记忆来看我
生命的河流缓缓流淌
并肩坐在河岸看杨柳依依
看白云飘走，看月亮升上树梢
是多么温柔的一件事

记忆是河流，记忆是花朵
也可以是太阳，是月亮，是星星
更可以是霜，是雪，是刀，是剑
若它在胸中变成熊熊燃烧的大火
记忆，就将是彻底失明的眼睛

原乡（组诗）

基因密码

城市的香风，吹掉

他身上的泥土气息

吹不走土地的吸引力

对他而言，特殊的爱从未减少毫厘

农忙时节，回到生养他的故土

跟在老牛身后扶着犁耙，裤腿上全是泥巴

割稻，插秧，打谷，晒场

一畦一畦的田垄作为土地的凭证

把祖先的基因密码

植入眼眸、神经、血液

劳作时，他虔诚俯身于土地

远山吹来空旷的风

风中有鹧鸪声，田野生动起来

陌上行

稻草人双手伸展，目不斜视
麻雀们为他的忠于职守
心生钦佩，又为他的辛苦落泪

绿色的秧苗还在害羞
秋风已经在赶来的
路上

只因惦记餐桌上的
一粒白米饭
庄稼人快步回家

乡下的声音

待嫁的女子烧火煮茶
水沸之后，茶香飘满屋

余香未尽，上门提亲的来客
如簧之舌碾碎一碗白砂糖敬奉双亲

暮色临近，田埂上的老牛

拖着沉重的步伐和叹息声，归来

山风传来均匀的呼吸声，一阵阵
如饱满的种子落到土地上，夜已深

城市深呼吸（组诗）

城市高架

其实，城市的高架不高，低头便见
地上孪生兄弟，相向同行
它是天空这座大房子夯实城市的
地基，通常只建在大都市里
一圈又一圈环线，像一座城市血管流动的
血液。倘若畅通无阻，城市无病

倘若城市生病，高架变成停车场
一长溜车子憋屈得像蜗牛爬行
困于车上的赶路人陷入无可奈何的沉默中
仿佛人类从不需要任何语言
如同高架上没有安装红绿灯
钢筋水泥之躯，唯一难以辜负的
神圣使命，就是风驰电掣

城市羔羊

一只羊，两只羊，三只羊
耳边是星星坠落的声音
是树叶沙沙的声音
是风震玻璃的声音，是翻书的声音
是敲击电脑键盘的声音
有节奏的微微喘息声
一阵阵回旋于摩天大厦

羊的毛发五颜六色
闪耀桀骜不驯的光芒
孩子功课，父母健康
雾霾天气，瘫痪交通
飞涨物价，待缴账单
宛如俗世栅栏，杂乱无章
向边界伸展

漫无边际的黑，曾包裹过你
深不可测的海，曾淹没过你
脚悬空，心挣扎
喊叫，无人应答
慌不择路的一只只彩色羔羊

在眼前团团打转
它们为无法安然入睡
纷纷，黯然神伤

城市午夜

入夜，你的眼睛突然失明
神的指引，一个祈祷的人
双手合十，星星坠落那一刻
开始借幻想的双足远行
怀揣春光的念想，测量距离
心，笼罩空寂

高楼。沙沙的笔触深深扎入
密密麻麻缠绕生活的根须
九重盗梦空间没有铺垫开始
结尾的死结也被烟火燃尽
谁的眼睛痴醉迷离
云彩成为云彩，诗成为诗
所有文字迷航星际

矿泉水、关东煮、方便面
街角，24 小时便利店

微弱的光，掩埋在夜色沙漠

玻璃门窗悬浮水蒸气

风，顺势吹入四处张望的眼

夜行的脚步追逐流浪动物

大街小巷的梧桐昏睡

树影模糊疲惫的脸

街口，昏黄路灯亮着

城市午夜，蜕下沉重的壳

为何我早早醒来

失眠，是世间少有的公平

总有那么几个晚上，漆黑的夜

像一块隐形磁铁，吸引

无法入眠的眼眸，望向窗外

苍茫的夜，披着袈裟

巡行在高楼林立的人间

白日的喧嚣被磁铁吞噬

一盏盏窗灯

垂下疲惫的光：明明，灭灭

闪闪，烁烁

外溢的光芒回到起始处
统统改变了颜色

——我因此早早醒来

城市流言

黑蜂穿过地铁站台，一群群整齐飞出
地面。一只倒扣的酒杯空悬着
我步履踉跄，醉倒在五味杂陈的酒味儿里
阴晴不定的气候亲吻着犹疑的心情
摩天大厦透明钢化玻璃亮出锋利的锐角
嗡嗡投掷之舌沾满致命病菌
善良的人唯恐避之不及
慰藉，偶尔来自陌生的投射
肝肠总为熟悉的人寸断
身与心俱疲瘫倒在床上，仿佛
诺亚造完了方舟。何时是尽头
何处可觅到合适的方式对付不合适的
事物？语言变异的基因愈发强大
时间流言在宿命中倾泻
溅起唾沫，渗透泥土
暴风雨，就要来了……

追踪者

我们一辈子追随先知和精神领袖
追寻知识、真理，追求爱情、财富
这些关于信仰、生命、幸福的叙事
都过于宏大，一生都要奔波在路上

很多事物都有附加值
比如美貌、荣誉、地位、权力
这些附加值有可能给人类带来意料不到的
阴谋、战争……

我始终赞美事物"一就是一"的品格
比如善良、诚实、公正、勇敢
朴实本真的人性，散发温暖之光
世界得以保持本来之面目
有时候，或许还会因为
自我牺牲和无私奉献
而略小于一

此刻，清理房间，断舍离

像园丁，像清道夫，像保洁卫士
像读完一本好书，又像
听完一段美妙的乐曲。自由简单的生活
让我离天空越来越近
白云浮动，苍穹伸手可触

微小的事物像诗一样穿过空气
流水般缓缓冲刷、清洗、荡涤
让心慢慢舒坦，渐渐安静

大地灯火

午后，逆光，侧影优雅
她端坐在灰色布艺沙发上
像陷在知识大海里的一只小船
虔敬地聆听他从远古说到近代
从现代到当代，从《诗经》到《圣经》
从孔子到但丁。整个下午，猫咪
在脚旁慵懒。思想光晕照亮书房轮廓
窗外落日浑圆

临别，他从高高的书架上取下崭新的书
签上名；她鞠躬致谢，接受下来
再度望向那排气势恢宏的书架
仿佛看见一匹智慧快马挣脱缰绳
气宇轩昂地扬蹄飞驰
她按捺不住一种隐隐的冲动：
快啊，骑——上——它！

"再见了"
"要常来"

握手，寒暄，他推门送客
恍惚，走神，她回到俗尘
我何幸有此良师
——大地灯火通明，烟火气袭来

关于信

写信，这门古老的传统
已经成为当代技术活儿

大白话开头，寻常问候多没悬念
叙事，啰里啰唆；抒情，太假太滥
用正楷写信，一本正经
狂草掩饰真性情，隶书中规中矩
行书过于浪漫自由
黑体严肃有余，魏碑倒是清秀
好吧，那就用稚拙的少儿体
抒发尚未泯灭的理想主义

云中锦书寄与谁，这令我伤透脑筋
爱人就在身边，执手相看，无泪
父母年事已高，电话问候，直接
"网生代"儿女，擅长虚拟空间留言
绝大多数朋友喜欢在微信朋友圈自嗨
倘若想要一封书信，显得不合时宜
倘若想要找送信的人，更不合时宜

信笺泛黄，唯有钢笔安静陪伴着它

最坏的风景

在复兴公园散步，碰巧遇到
园林工人修剪树木
枝蔓，横七竖八
不知道为之牺牲的道德意义
它们的审美价值只是为了环境美观
和自身更好地成长。人类总那么自以为是
所有审美需要，以无辜失去某些东西换取
离开这片狼藉之地
沉默，是我发出无声的呐喊
为某种正当理由掩盖的不公正事实

峨眉山大风歌

拾级而上峨眉山
一步一步虔诚
常年安坐殿堂的佛
以慧眼，读懂你的沉默

烛火照耀红尘饱受煎熬的心
晨钟暮鼓洞悉命运无常
木鱼声声敲落满山红枫
高高在上的菩萨
阅尽苦难

从山上，踉跄而下
几片树叶飘落
暗红色亭阁在树后隐现
群山在雾霭中浮动
云，在游

大风起，掀起的叶浪击碎影子
不忍回望一朵野花被丢弃在山谷

鸟，飞向高处

隐约传来经卷的诵读

敦煌纪事

左面狼烟四起，右面歌舞升平
莫高窟壁画的飞天故事
藏匿华夏文明的秘密

黄沙的颜色
往眼睛里灌，往脸上砸
又往心里狠狠地塞

群山如佛，经书里的文字在沉默
仿佛每一粒细沙
都拥有诵经的本领

苍茫连着苍茫，荒凉连着荒凉
经卷里留下摩诘踉跄的步履
地老。天荒。

谁听见驼铃回声，谁找到驼队足迹
残垣断壁旁，痛饮美酒
管它今日是何夕

一路上，默念着，寻觅着，思考着

把现实花蕊与远古枯草衔接

谁的忧伤，残阳如血？

克孜尔石窟白鸽

一只白鸽像一枚胸针，蹲伏在

石窟右前襟，白色羽毛

闪耀天然圣洁之光

博物馆穹顶，被千年历史

照拂，黄色光晕一圈圈

斑斑锈迹风起云涌

仿佛演绎更朝换代的故事

白鸽两只利爪，跃跃欲试

停留在一块尚未死亡的汉白玉上

古文明缓缓吐纳

遥远的呼吸

走西部，唱天涯

余生，还想再去一趟西部
走西口、过敦煌、出阳关
沙漠上必有商队
驼铃声声，胜却天籁

数千年前的佛
埋于沙砾的岁月尊者
石窟壁画，庄严华美
抱着雪和月光

在任何一座雪山下，歇一歇脚
以大地为床，天空为帐
远处山脉起伏，头顶群星似灯
绿洲里，沙枣花香

一切都在安然中
大地苍茫，雪莲花静静开放
那一刻，如此渴望
怀抱琵琶，在路上，唱天涯

偶过国清寺

山谷。涧清
鸟儿御风而去的轻盈
归息在幽林，如同鱼儿潜入深海
内心渴望在疯长
却又，抽丝般怅惘

时间的暴徒，在密林深处
迷失方向，列维坦油画里的
山谷、溪流正欢快着歌唱
偷香的窃贼，悄悄查访群山
欲望，寂静地死亡

一朵朵白云列队，披上霓裳
耀映着辉光。山崖下，百花盛开
每一阵风刮过都仿佛自由的呐喊
——我，就是我的君王！
山谷回声嘹亮

世事沧桑，无需读懂冷暖

一声叹息，一点微光，一粒尘埃
在人迹罕至的山谷化作一缕清风
鸟儿，林中鸣叫
侧耳，它飞过了

一声声，苍茫
禅寺的上空几朵白云
静极了

西双版纳秋阳

这里树高过天，秋阳
针尖上的天使
欢舞，跳跃，透过树叶
绿色植被上停驻斑驳的光影

穿行于西双版纳原始森林
奇花异草浮动暗香
站在山坡上，歇息，赏景
一泓小溪，蜿蜒
而下，蛇芯子闪亮

夹道两旁青山耸立
沉默不语，像千年的卧佛
带着欢喜之心
拾级而上，登光明峰顶

绕过数不清的野花，一步步
受天光指引，凡尘心穿越森林
领略登攀的力量
以及寂静之魅

河南安阳殷墟

甲骨文，被风雨侵蚀成松脆的
皮筋儿，文明的引力反复拉扯
河南安阳出土的殷墟碎骨
微笑打量土坑外，似曾相识的人脸
认识与不认识，无关紧要

抖落龟甲兽骨身上的黄土
学者们忙于辨识卜辞和咒符
现代汉语难以破译
青铜刀具刻画骸骨发出的呻吟
嘤嘤私语，上下五千年

耳际充盈华夏基因的流水声
刀刻的图形在现代碑帖里复活
昨日信函，从泥土传递出
神秘而亲切的问候
人们开始集体致敬远古的祖先

广西花山岩画

岩层，以时间为笔
摩崖令人膜拜的图案
一朝朝山民，茹毛饮血
一代代勇士，刀耕火种

南国红豆写满相思
木棉花轻轻诉说热情
红土地上，山歌是壮乡双生雀鸟
一起扇动爱与憎的翅膀

古老岩石经历血与火残酷的洗礼
花山岩画，映照骆越文化的神秘
亿万年地貌经历几多炼狱变形
象形文字在花山岩壁孤独舞蹈

多少飞禽走兽逡巡过祖先栖息的茅屋
多少地震山洪掩埋过前人倔强的头颅
我笨拙的笔力怎能描绘你光洁的魂灵
我迟钝的身心如何触摸你远古的神思

在山西王家大院怀古

王家大院的门朝天空敞开
一进，二进，三进
让深宅大院愈发神秘
抬头，比日子还古老的横匾
被游客眼睛一次次刷新
祖训无非厚德载物，礼义文章
祈求福禄寿喜，万世平安
皇室荫庇，千年古树苍绿

卖豆腐起家，历经明清两朝
耗时三百余年建造而成
高家崖和红门堡两个院落
被一座细长的桥，挑起
大大小小的院落
住着老爷、太太、少爷、小姐
也住着管家、更夫、仆妇、丫鬟
半明半暗，窑洞早已失却温度
砖雕、木雕、石雕，精美绝伦
一排排陈列文物默默打发光阴

跨过门槛，却怎么也追不回
昔日山长水阔的时光

眼光扫着大宅院，思绪被历史河流
冲回几千年前的夏、商、周
篝火、美女，城池、战争
在一个个朝代轮流上演
汉赋唐诗，宋词元曲，明清小说
每个朝代都有自己的灿烂文化
在悠久的历史传统中
礼、乐、射、御、书、数"六艺"修身养性
数千年中华文化，一脉相承
"三纲五常"人伦之理
士、农、工、商各有等级
精华、糟粕，共生于华夏大地

从传统跨入现代，怀古忧思
仿佛回到母亲胎腹孕育希望

探访虎门销烟遗迹

从一片海飞临另一片海
海浪，拍打堤岸的高额
脚踩黄色沙坑，眼观过去
寻觅虎门遗迹
那些已经氧化的坚船利炮残骸
隆隆炮声犹在耳际
三元里村民正义的申讨声
从历史尘埃中咆哮而出
古炮、弹坑，残垣、废墟
历史的云烟，从我眼镜片前
袅袅升起

海风吹来一阵咸湿苦涩的气息
但愿，今日飘过的白云看到
和平鸽在宁静的蓝天下飞翔
但愿，明天怀古的后人铭记
古老英雄的土地曾经遭遇过的历史
以及，这段屈辱历史的
来龙去脉。抬眼望去

椰树、帆影，渔民、游客
一样湛蓝的天空下是不一样的涛声
历史的云烟，再次从我眼镜片前
袅袅升起

西湖春雨

烟雨之间，仿佛白娘子和许仙
在断桥处缱绻，一颦一笑一翩跹
堪比湖边垂柳缠绵

长长白堤是西湖的一根丝线
转身，被牵引到苏小小墓前
历史的典故犹在孤山镶嵌
三潭印月有着千古传说
拨动心弦

天空飘洒蒙蒙雨丝
一擎花伞下，一张恍若隔世的脸
几分诗意、画意；又几分古意、禅意
若隐，若现

朱家角印象

石板路，弯弯曲曲飘着粽香
油纸伞撑开才子佳人的故事
石拱桥遍体生寒，裸露脊背
清冷温暖的句子在上面留下历史凿痕
高于流水，不腐，不蚀
任由舢船，来来往往

归舟，泊于烟霞
桨声里舀一勺月光，照见课植园中倩影
杜丽娘踩着碎步，伤春
陈逸飞的双桥就要从周庄搬移过来
古镇水乡，温柔之梦何其相似
美人绮户与石榴媲美，映红窄巷

漓江轻舟

桂林的山俊俏多情
陡峭，碧绿，清新
患有洁癖的它
一年四季都在沐浴
或用烟雨，或用曝日

桂林溪流清浅、山峰桀骜
漓江之水，时而黄，时而白
倒映的青山荡漾在水上
忽而娇，忽而媚
山山水水，如梦似幻

穿梭青山绿水间
我，仿佛就是漂起来的
一叶轻舟

黄山迎客松

迎客松，从巨大的飞石探出身
层峦叠嶂，云雾袅袅绕膝而来
游客眼神，染绿松针的葱茏
连心锁，让日光月光和风雨
锈蚀。一条石凳在此等候

峭壁岩下，石鸡和山蛙鸣唱起伏
一簇簇水草，任喧哗声漂洗打捞
水蛇扭着腰肢，渡过了青春
我匆匆拾掇初来乍到的梦
溪畔的野花，暗香浮动

汗水，踉跄跌坐在山头
由于你的缺席，迎客松的热情
打了折扣。太阳雨从头顶掠过
松针的末梢，还有松香
迎风，微微颤抖

恋人牵手在连心锁前沉思

一个个锁眼儿密布爱情暗语

迎客松伸出热情的手

替他们寻找相同的誓言

锁住彼此的今天

同游苏州太湖

初冬，太湖寂静
突突驶过一条船，慢慢辨析
白浪花。湖岸凉意徘徊
白色和蓝色的口罩醉心于
太湖边清新自由的空气
同游鸿儒大家
谈笑间，忘却年龄

看他们相携并行，有的芦花飞上头
有的佝偻背影，蹒跚步履
两两三三，熔铸万语千言
三三两两在不同尺寸的手机屏幕里
与湖水，与拱桥，与花红柳绿
融为一体
我醉心于观察，夕阳
即将西下的美好

天蓝、地绿、水清，疫情过去
这三年被偷走的
都会再还回来……

辑三　时间的窄门

敏感，这枚生活的芒刺

1

敏感，小小的芒刺
随眼神锐利的抛物线，准确
刺入心脏。瞬息
痛感逶迤丛林密布的中枢神经
麻遍全身

今天与昨天尴尬面对
接纳或拒绝成为哈姆雷特之问
语言如匕首，艰涩隐晦的锋芒
插入纠结心病的表征
令人，欲哭无泪

滚滚红尘，爱恨自由穿梭
张开觉醒的眼睛，面对现实痴人说梦
爱情，无法像一朵妖娆的花
永不凋零

被文学作品反复写就的情节

爱和被爱的古老故事

流传千年，青灯烛照古籍泛黄

误解和伤害是双面镜

学会爱，需要一生的时间

浓情蜜意同样经不起风吹雨打

摁下敏感这一枚芒刺

爱情，一戳即破

2

对于忍耐而言

它的极限，或许是误解

一句无心之语，可能遭至道德鞭笞

辩解有时，多余

沉默有时，恰好

倘若，人生只如初见

欲语还休的，试探

欲迎还拒的，交锋

微笑，脂红般点缀双颊

最适合世故人情

解开心结需要多长时间

涵养浮出水面，宽容是那块最短木板

欣赏则是桥梁

敏感，收起刺人的锋芒

一切水到渠成

3

一日不见如隔三秋

用来形容失眠倒也贴切

半梦半醒时，原谅自己最简单

爱情滑入坟墓

往往自己就是掘墓之人

中年的促狭，让浪漫追梦成为

一件旧衣裳，不仅包裹得令人窒息

并且，不合时宜

为爱情撰写悼词

成为我们一生的难题

如何延长爱情保鲜期，人人大伤脑筋

脆弱的东西，防不胜防

对于成年人，谨记遵循这样的游戏规则——
寻找真相和答案，不仅幼稚可笑
而且，失却厚道和本心
自省之路，成长必经

4

保持对生活的警醒，激情涂满了鸡血
欲望点着烟火
绚烂，成为一场拙劣表演
不该抱团取暖的季节
误砍柴火，噼噼啪啪的烈焰
让身体和心灵，失却平衡与安宁

过了河的，别拆桥
吃饱饭的，别撑着
各自小心为妙吧
——你、我、他

爱情，有苦有乐
生活，一如既往
人类，生生不息

5

画完句号，我知道
失眠，相伴到黎明
蹑手蹑足，从客厅游荡到厨房
飘在墙上的影子
像极《聊斋志异》里的狐仙
小娘子甘愿为你煮饭洗衣

纸和笔，留在床上过夜
刚写完的诗句发出一声叹息
报时的钟声敲响
嘀嗒，嘀嗒，分秒不差
郑重提醒：不管这首诗写得如何
交卷的时间已到！

生命短暂
短到，没有答案
永恒如你，也不过一首小诗
敏感，这枚生活的芒刺，触角四通八达
用它刺破思想的囚牢

暮色

朦胧的光是暮色的网

横亘在他们之间

沉浸在即将消逝的温暖

隐秘的内心深藏着

说不清、道不明的情愫

他们拥抱亲吻，他们争吵仇恨

就这样僵持对峙，未置可否

时间在流逝

真相越来越让彼此

尴尬，纠结，痛苦

暮色消隐于真相的黑暗

看不见，不能直视

眼睛也在黑暗中

不辨真伪

暮色里所有暧昧，都值得原谅

旧什物

"你比我还要偏爱我"
她在这句话里寻找多义性
就像写坏的一首诗，需要反复斟酌
推敲取舍，甄别完美的答案
她绝不肯放弃

哪怕只在回忆中与往事干杯
这些年，他已经成为生命中唯一
与青春连接的一件旧什物

月亮有阴晴和圆缺
但从不说：忧伤

河水冰凉，粼粼波光
隐藏着不可言喻的悲伤
漩涡，在脚下迂回
失落的执念，碎落的梦想
顺着不甚宽广的水域流走了

不远处，枯草低垂
似在听她诉说悲伤痛苦
湛蓝天空上，几朵白云飘下羽毛

一只鸟在高飞，为它送上祝福
想提笔写封信，却只能不辞而别
有些爱，就像旧年的疤痕
越用力抚摸，就越疼
所以，只能选择
松——开——手

河水流走，柳絮飞上天堂
枝条斜躺在大地的怀抱
风，让他看着她
如何变漂亮

一种痛，拥抱另外一种

尘世间每一次回眸
都是昨天。它藏在雪人身后
当太阳把它融化。我们只身往前走
留下另一个昨天

用最原始的方式
去爱你。如同冬天必须下一场雪
黑夜，茫茫然
风给了它方向，顺着风终会有归宿

独自在雪地里艰难行走，脚印
歪斜。积雪上的苍茫
让回眸的心，隐隐作痛
一种痛，拥抱
另外一种。再也无法返回

此岸在时间长河里等彼岸
河水湍急，卷走了不切实际的柔情
最原始的东西最本能、最朴素

土地上的庄稼，用沉甸甸的穗回答

你微信头像始终不变
我朋友圈风景已过数年
多年后，会不会有人说
千年铁树，真的开过花

时间的窄门

早已经走丢的你，今夜
被我不经意地从旧照片中找了回来

青春从来没有反复曝光的底片
凭借光和影，拂去匆匆那年的风雨

你的明眸皓齿，你的神采风韵
一如从前，感谢时光温柔的手指

透过时间的窄门，我静静地想象
过往岁月神偷的细节

窄门里的你久久地沉默
看着泛黄的照片，我寻思

某一天，你会不会拿着同样的照片
回来找我

飞花令

红的，绿的，蓝和紫，还有黄和金
将蝴蝶的翅膀染得五彩缤纷
我把这些花儿，当作银簪子
给你生命以装饰，以销魂，招摇过市

花的盛开，徐徐如春风
花的凋零，急急如骤雨

我离开人群，躲过喧哗
握笔时，我把心别在花上
听风，听雨

春风吹过，我是浅笑的两句
骤雨袭来，我是凌乱的两行

很想和你行飞花令，赞美蝴蝶的花事
赞美它翩翩起舞，飞往春色深处
可叹啊，一年的花季就这么长
飞花令，让人断肝肠

冬天奇遇

冬日的水，像一面镜子
照见你跋山涉水
来见我

借着镜子的微光，黑暗中
我的手，触摸你风尘仆仆的脸
无痕，无痛，轻轻滑了过去

眼睛与眼睛对视，心事吞没黑影
夜色斑驳，一只流浪猫蹲伏在墙角
享受，莫名的善意

必须要和水一样柔软
和冰一样冷静，和诗一样真纯
才配得上，经历这样的奇遇

且当一首歌

凯美大酒店高耸入云霄

青山湖，并无山之秀色

诱惑成全无心玩笑

癸卯年冬月，天寒地冻

窗外湖水如镜、如冰

该拿什么款待邻省来客

茶几上摆放着柑橘、苹果、香梨、桂圆

成双成对，美妙如佳偶天成

大冷天，斟一杯红茶焐热寒凉的胃

满屋水果香味与多义复合词纠缠争吵

快乐极限放大羞愧和虚无

无论晨昏，不问东西

窗外，青山湖歌吟寂寥诗行

美妙终止于此，且当一首歌

如何挽留余音绕梁

最后的晚餐

或许，西餐比中餐更有情调

精致的蛋糕，考究的牛排

最大限度满足味蕾的意面和蘑菇汤

一瓶富有象征意味的红葡萄酒

忽明忽暗，一点点烛光

让最后的晚餐，看起来温馨无比

柔情的音乐，含着泪

一幕幕往事，跳着舞

每吃一口，都难以下咽

每看一眼，都难以真切

右手边的白开水，像裂开的镜面

映照出倒退的日子，苍白无力

左手边锃亮的刀叉，迟钝着

一顿奢侈的晚餐，吃得无声无息

最后碰一次杯，起身告别

从此各饮各自的生活，冷暖自知

两边散去的背影被梧桐叶掩映

这个秋天

花园餐厅。窗外，梧桐叶轻轻
飘落下来，它给大地深鞠一躬
它相信时间沉淀的朴素道理
相信季节轮回的不变规律
秋风携秋雨赶来
深情，眷恋

俯首低眉构思传奇小说的惊险情节
辨认着命运手指设置的诡异密码
是谁在这个章节巧布了这场邂逅
尚未弄清楚它的暗喻指向
已惘然置身于
故事开头

侍者小心收拾邻桌杯碗盏碟
提醒打烊时间快到
"来，干完这杯中酒"
黄酒过于单纯，不谙世事
依靠几条姜丝

多出一些意味

石子路上，行人，三三两两
梧桐叶交出疏影的光
街边景致迷人，有意放慢脚步
仿佛不忍和它们分别太快
仿佛不愿泥沙俱下的中年
急匆匆到来

路灯下——
我接住闪烁不定的眼神
也接住了随风吹过来的光芒

大寒

彻骨寒冷，在夜色吞没你身影的
那一刻，心里的星梦
坠落于极远、极寒的天边
游移的眼神洇透晕黄的灯罩

宣纸上的飞鸟，声声哀鸣
一曲秋去冬来，寻寻觅觅
受伤的翅膀，挣扎着攀上高枝
重筑温暖的巢

大寒时节，一个人研墨习字
凝眉、沉思、落笔、润色
在补白处想象——
无中生有的温暖

午夜·荷尔蒙

梦在黑暗中被摔成破碎的镜子
一条自说自话的舌头拼命反驳
没有对手辩论的，伪命题

窗外交错的线条
在明与暗的两极摇摆
偶尔有荷尔蒙香氛飘入梦境

半梦半醒之间
无论睡着，还是醒来
都无法改变时间恒定的路径

直到鱼肚白渐渐惊醒夜空
高楼，还提心吊胆
躺在变形的镜面上，假寐

她按捺不住想向他复述
失眠的因由，荷尔蒙却在凌晨
睡——着——了

情殇

浓雾罩下柔软的绸缎
冷颤化作霹雳电光
漂亮的花雨，断线珍珠般清脆落下
一滴有一滴，昂贵的代价

海水激越，海韵漫溢
你似熟练的舵手舞动海浪音律
眼里两岸风光旖旎
爱情却相寻不遇，空遗憾
浪潮将它逐流贬谪

往日诗章，为情而殇
断魂，游弋向深海
我是海盗船上的至尊女王
披裹着命运铠甲
幸福黄手帕无权索要

我忧伤，忧伤渡不过彼岸

七夕

差点儿忘了有此节日
我偏不出门
就不
想你

一首诗，涂改无数遍
怕词不达意
怕一不小心，写下的全是
情呀，爱呀

那就插上一束鲜花
再煮一杯咖啡
不加糖
加定语

专家考证，七夕
其实与爱情无关
黄瓜架下，葡萄树旁
千家万户只为，乞巧

遥望星河，不停折叠床上影子

向左，向右

这一夜，我的发际

有了孤独的弧线

腾空而起的梦，不安分

又一次情绪失控在

青春被窃取的

地方

文字游戏

我说"窈窕淑女，君子好逑"
你答"自知者明，自胜者强"

佯装一枝玫瑰
或一株小草
如果让"我爱你"

我愿是烈焰，是海洋
是低低的尘埃和高高的白云
可能还会变成狂风暴雨
闪电般呼啸苍穹

此刻，徒有"诗人"其表
因为爱，而心虚
因为你，而词穷

重申"自知者明，自胜者强"
回敬"窈窕淑女，君子好逑"

卸下盔甲，选择虚无的爱情

不如选择独自欢喜

一种生活

无力感，包围了我的眼泪
或许只有诗，才能把你和我拴在一起

不谈情、不谈爱、不谈彼此的生活
你让我变成新型透明胶带

可以封住嘴、缠住身体、捆绑思想
隐形，却牢不可破

今生今世，我们绝不对外出售
心灵密码

承诺——
无梦

无声对话

懂，与不懂

都置一颗心于书中

明朗，晦涩，隐喻

互相接近，又互相分离

像一场碰撞，灵魂出窍

天使之箭射向幽暗夜空

音乐忽停，书房的灯盏微微摇曳

一丝呼吸长久停留在某个章节

聚集起所有疼痛的体验

那犹疑的复述

一次次随风远去，又或者

被掐死在，沉默的

回声里

无法扑灭一种火

一粒药丸在手中迟疑。缓缓地
被送入口中。细嚼慢咽，舌根的缠绵
是为了阻断晕眩。一阵阵晕眩
好似为你纠结而导致的失眠
血压陡然升高。从此，不能再激动
不能再劳累，不能再胆大
妄为。而这些——
正是我最想为你去做的
胸中，燃烧一团火

醉烟、醉酒，习以为常
醉哭、醉笑，无伤大雅
"安静吧，让心平气和医治晕眩的毛病"
如果"安静"是你对我最大的诉求
那谨遵医嘱吞咽下这粒药丸
小小药丸在口中顷刻化作白色的粉末
但，仍然无法扑灭一种火
高血压是一种疾病
——呵呵，爱情也是！

心照不宣

除了微信里的文字和电脑里的诗句
往返于你我之间，好像
并无庸常的生活场景可作为回忆
还好，诗稿成了襁褓婴儿
被温柔裹藏于胸，秘不示人
那些欢喜的、伤感的、惆怅的文字
仿佛缘来缘去的注释
如若不然，为何每一次的午夜梦回
每一次惊魂未定地闭上双眼
莫名的泪水，缓缓
滑向鬓边，渗入发际

我喜欢沉湎于文字构筑的梦境中
在瑰丽的语言世界里流浪
喜欢用修辞砌一座漂亮的童话宫殿
喜欢偷偷写一首诗藏于心中
当然，我知道童话宫殿里
有一扇通向幸福的未知之门
每个人都可以开启

我最喜欢

在门口偶然地遇见你

彼此，心照不宣

那颗糖

好想，好想用心写好一首诗

不再虚构无妄、无用、无益的

海誓山盟，花前月下

不再简单去放声歌唱：微风、蓝天和白云

也不再只是留恋注目：鲜花、蝴蝶和风筝

抒情的，意象与情绪

浪漫的，修辞与节奏

一并归仓

一律闭门

把时间的记忆，放飞

把岁月的故事，埋葬

再把那颗糖果和你，全都藏起来

爱情有很多滋味

并非每一种

都像，糖

"好好生活，好好写诗"

从此山高水长，写这首诗

我，用了一辈子时光

代词

被生活激流困在彼此对岸
邂逅在失重天堂
止步于冷漠礁石

许多欲言又止
许多欲说还休
全都留在时间的竹筏上

幸好有代词
才使我们
都没有变成哑巴

痂

爱情的痛痂，早已失去了血色
揭开一层还有另外一层
很厚实，那是岁月经年的造就
有故事的人生
哪一个不是伤痕累累

优美的文字是伪装过的陷阱
充满力度的哲思如锋利之刃
沉迷阅读带来思想外伤
每一个叩问之人
痛不欲生

命运判官庄严审视生命过客
滚滚红尘纠缠着名利和情爱的恩怨
欢笑不过是旅程的短暂点缀
谁不是哭着出来
谁又不是被哭着送走

雷池

艰难选择，栖身的房屋局促狭小

外面世界如此广阔

我却从未敢越雷池一步

用层层盔甲堆砌一间安全屋

紧锁心扉，灵魂

因沉默更显高贵

世界赞许寂然无声的事物

堤岸、礁石、沙砾

山谷、洼地、绝壁

桥梁坚固的基石

房屋厚实的墙体

雕梁画栋装饰的飞檐瓦当

以及，默然无语的一切……

白昼，太阳如此热烈

夜晚，星月这般温柔

它们的光芒，或炽热或清冷

无声无息、悄悄光照大地……

夜色那暗黑的水

秘不示人，它让呓语

挂在树梢沉睡

矜持的傲娇，我曾经学会

当滚烫的风暴袭来

避免粉身碎骨的忏悔

万物归于沉寂之后

世界仍喧嚣不停

众声喧哗中，我踽踽独行

难以对话，无法共情……

假如悲伤可以触摸

曾经有相当长的一段时间

用来刻意远离并忘记

青春的梦想，以及与诗相关的一切

避免触碰一个名字

在寂静而空旷的深夜

怕倾听，一颗流泪的心

茫茫人海中，你的名字

宿命般停留在渺小如我的生命里

一行行优美的诗句恣意飞扬

瑰丽的文字携一缕缕思想微风

日夜吹拂我的心灵，隔着时空

你却浑然不觉，也不知

理想敏锐的触角，放射出

强烈的光芒。耀眼如日又如星

时间骤然停止。青春如梦的季节

如果梦，足够长

希望走在远方的路上

让我，恰好遇上你

心灵花园杂念丛生
一枝希望藤蔓
从残垣断壁的废墟不合时宜地
向你伸手攀缘，仿佛卑微之人
怀着善念，纯真穿越时光的摧残
保留了初心

假如悲伤可以触摸
你是否会俯身温柔抚摸生命的豁口
这样，爱的伤痛是不是会降到最低
我，是不是就可以不需要掩饰
在悲伤时大声痛哭
……

心湖

坐在岁月的废墟，撩拨记忆的灰烬

内心那团炽热之火，炙烤灵魂

惊慌失措的我，找不到时光之水

只好悄悄躲进你的影子里

这样，好像拥抱过你

这样，好像闻到过爱情的气息

思念，漫延于温柔之外

脚步迟疑，迈向哪里都是陷阱

多少年的梦，毁于一旦

被灼伤的感情，百孔千疮

一心想找到打开心结的钥匙

一切，并非不可理喻

虚无源自你，昼夜轮回

此刻，可以从容安静了吗

一个人，面对辽阔的心湖

慢慢地打捞——

水中月，镜中花

一些湿润的事物

初春，雨丝淅淅沥沥
是谁不小心撒下玫瑰花瓣
红着，艳着，鲜亮着
湿漉漉的，温润怒放的记忆

因你出现，春天闪耀温柔的光芒
三月的柳丝像春雨绵长
——如同你热切呼吸在耳旁
因你出现，心事明明灭灭
在灯光骤熄的黑夜
——在时光飞逝的隧道
因你出现，情绪沉沉浮浮
在波涛汹涌的海上
——在层峦叠嶂的山岗

红唇花瓣，斜躺，横躺，竖躺
伤感的心在阴差阳错的轨道上
想把相思之梦，补拾
偏又错失了佳期

春雨中一些湿润的事物

仿佛感叹白昼匆忙

又好似感叹命运无常

存在者

长相知，这世上少之又少
虔诚感谢生活给予的慷慨
梦境终变成现实，诗的翅膀载着我飞翔
——没错，你，烙在我心上的灵魂
我焐着，像怀抱喷薄的火山
深藏于心的脆弱和勇敢
跃过大地山川

你目光如炬，穿透岁月的人和事
认出我是唯一
此刻，长相思；还有，长相忆
被时光温柔以待
尘世间万物，并不因
各自生长的环境不同而阻碍
灵魂相遇在天堂

在精神和灵魂绝对之上，你是引领我的光芒
赐我以激情、浪漫、灵感、想象
这偶然，这珍贵，值得我爱你的存在

泅渡

风
来自不同方向
雨，惊惶飘洒
在前世渡口
河水哗哗
裹着命运泥沙

时间就是魔杖
泅渡你

独自留守岸边
隔着云雾，十万八千里距离
像一尊望夫石
我期盼
无限靠近

感情之舟
以风的速度
追赶时间

隔膜

往事如烟缥缈
由浓而淡的回忆
渐至虚无

人生如梦荒诞
由假而真的逢场
终归成空

看你如陌生人，客气、疏离
隔膜是两眼对视时
瞳孔的巨缩

站着，在寒暄
冷漠，头顶上盘旋，像不阴不晴的天
道别，握手便也是忘却

最后一页

停下笔，目光投向窗外
林立的高楼将天空任意切割
不远处桃花灼灼
春天一抹阳光短暂反射到窗前
倏忽又暗淡

未写完的那本诗集摊开在书桌上
汩汩流淌的句子或短，或长
一如你的心思
有时晦涩，有时透亮

你的脸庞在眼前浮现
头，隐约作痛
关上窗，返身寂静的空房
顺手把敞开的心门，闩上

渴望面对面，心对心
把时间消耗在即将完成的书稿上
这一切会不会只是庸常人生的幻想

像那浮尘的影像，疼痛的虚妄

听从远方愿景的召唤，开始
一场疾步如飞的逐梦，人生不易
我们才会编造如此梦想
在精神的家园逶迤造访

涂鸦几笔，试着完成最后一页
唉，语言却被距离限制了想象
斜靠椅背我恶作剧地笑：既已如此
缪斯女神又能拿我怎么样

相见欢

你的出现，是一个春日午后
若有若无的风吹动窗帘
年轻的面庞，诗情与柔情渐长
嗓音低沉而温和，某种穿透力
掠过耳际

空气和呼吸属于一盏老白茶
此刻，窗外的光线透过窗棂
阳光和你的声音交织
殷勤添水、布茶、颔首举杯
这样的午后，弥漫诗意

流过
静寂

每个人都渴望内心拥有安宁
清静。难得偷来半日闲
无法确认白云，在天空停留的意义
无法确认蝴蝶，翩跹花丛中

是否是庄周梦到的那一只

希望梦所求证的

会在时间深处

留下谜底

幸福像无理可讲的暴徒

春天的空气有香甜的滋味

浓密的枝叶间，停着三两只蜜蜂

掉落在树丛里的阳光对着花朵嘤咛

漏下鸟鸣，如恋人耳语

想着远方的爱人在明亮的房间

醒来，她的嘴角微微上翘

神的恩典，赐予她珍贵的

预感，思念的暖流将她紧裹

幸福像无理可讲的暴徒

这份豪横的爱左拥右抱

赠予远方的他

永恒之诗

记忆是电流
而你是电源
只要一接上
就浑身战栗

思念是静水
而你是投石
只要一回忆
就荡漾涟漪

门里是你
门外是我
门里的你寂寞地坐着
门外的我孤独地站着

你是一本书
沉默的书
不著一字
都是我终身的阅读

月上柳梢

再上层楼

读你千万遍

那又如何

漫长的等待

紧闭的心扉

是等我轻叩

还是等你开启

该忘的

永远也忘不了

想问的

永远也没有答案

永恒的

只有这首短小的诗

含羞草

目力所及之物撞击着虹膜

泪水从唇隙灌入心里，苦涩咸湿

回忆的涛声，轰鸣耳语

海潮卷起骇浪，让一切绝情遁迹

含羞草卷缩敏感的心

别碰我，痛着战栗着不再接受寻常抚慰

问候，穿越伪饰的形容词和暧昧的动词

视线模糊，睫毛在泪海漂泊

一段抽象的情感，通过一束光的反射

被钉死在理智那面墙上

尘世，已无法找到完美承接物

拒绝喧嚣，大地将一抹羞怯

美成了孤独

临窗听雨

今夜，冷雨敲窗
一壶普洱茶的芬芳气息陪我禅定
顾影自怜思念纷纷坠地

时光手指弹奏忧伤之曲
内心万壑千川带着决绝的勇气
折翅之梦想，四处碰壁

眼镜、本子、笔，散落一地
临窗听雨，找一百个理由来慰藉
诗的血脉偾张，何惧流尽最后一滴

孤独无援，煎熬着残酷隐忍的坚强
强颜欢笑让一切尽早结束吧
并且祈祷，最终胜利

黑夜收走了告白

夜不成眠。这些日子

微信里全是刻骨铭心的惦记

细细检阅难以言说心事

所有优美意象

乔装私奔

短短长长的句子宛如精灵

在夜空奏响旋律

灵感随之起舞：构思、遣词、造句

所有前尘往事

落笔成诗

在诗里，我们深深相爱

在现实，我们无奈别离

苦和痛全都写在文字里

黑夜收走了告白

沉默

比黑夜

更令人窒息

搁浅

年轻时曾经幻想，身心投入
爱一个人似的，认认真真写好一首诗
写着，写着，人到中年
却不慎，把心里的爱情写丢了

失去灵魂的那部分语言文字
连同泛舟爱河的诗情画意
因为绝望，同时
搁浅

爱情的发辫被现实绞断
放大镜看不到任何回忆价值
遗忘迈着洒脱的步子向前奔跑
半截句子搁浅在海滩上

爱的回赠

遇到你，心灵失去安宁
思念的月光，惨白
破晓才知，遗忘是一场骗局

无人知道，单相思多么难以表达
又难以启齿。当爱，成为禁地
即使痛得哑口无言
绝口不提

爱或不爱，没有实际意义
时间和空间产生距离
为使人生不那么枯寂
我把所有回忆
以诗的名义
回赠自己

心跳得那么快

心跳得那么快啊！我让思绪

在时间中自由穿行

慢慢闭上眼睛，慢慢感受光线

从战栗的睫毛和眼皮穿行而过

血脉偾张，皮肤通体透明

渴望汹涌流动，瞬间，闪电霹雳

怦，怦，怦！撞击胸扉，心脏

狂跳不已。缪斯女神慷慨赐予勇毅，少不

更事，心欢喜。爱情，这是赠予青春的厚礼

懵懂一头撞向墙壁，炽热的爱

被双眼喷射出的火星熔铸

温柔之蜜四溢，成为，盛满

鲜花的容器

月的独白

自古以来，多少诗人对我自作多情
明知道，彼此相隔十万八千里
今生，你不懂我，我也不懂你
我的阴晴圆缺，人间的悲欢离合
一切不过是虚构的情节

宇宙间的星宿，神秘，来而不往
想要在缈缈星河寻求永恒的意义
诗人们费尽心思为我歌咏赋词
身上，戴着文学的护身符
手臂，刻着诗歌的文身

明知道，这一切不过是虚构的情节
我的心还是开始摇晃
在深得泛绿的水中像一艘船

辑四　礼敬诗神

礼敬诗神

我将向你招供全部生活激流的
秘密。包括内心湍急的深浅漩涡
小心供出岸边一株草卑微的骄傲
和孤独。晨钟暮鼓
我庄严献出自己的喜怒哀乐
人间宽恕的诗，每一句都写满
悲悯。业已陈旧而依然鲜活的语言
穿越上下五千年重重云烟
从历史的高台，俯冲下来
我殚精竭虑的指代和借喻
往返穿梭于现代与传统之间
一株草，寄寓的思想和情感
最终构不成一首完美的诗
卑微的物象，无法承受
生命之重、爱情之轻
庙堂在上，梵音绕梁，礼敬开始
让我躬身为你，继续献出
我的所有……

诗：指尖之舞

指尖之舞，欢跳起来

时间正把生活的滋味，慢火煨炖

敲击声中，腾挪，回旋，雀跃

被高速运转的激情机芯

调剂成醇厚的精妙浓汁

酸甜苦辣咸，滋补缺钙的筋脉

纤纤十指，舞出千万条优美弧线

忽如一道耀眼闪电，宝石之光

点亮喧嚣迷茫又混沌的夜晚

在纸上用文字把自己灌醉

或沉吟，或高蹈，或悲戚

反复推敲词语精髓典章

为它们，暗自成殇

精心打磨粗粝的语言

追求至真至纯境界

幸存之诗经过千锤百炼

百世流芳，又或，命如纸薄

生活的芳醇

电脑前，灵感有云泥之别
鼠标在麻木手指里左右摇晃
为一首诗如何结尾而枯坐
备选的方块汉字虔诚跪于眼前
一个个像香客苦求菩萨保佑

如果神游是为安然沉睡进行的预演
经过加持，结局必不出意料
仿佛，漫游者踩着滑轮
脚步停止下来的地方
便是词语安放的最佳位置

我啜饮过生活的芳醇
灵感带来恰当的结尾无法预设
腹中建筑好的庙堂
早已经敲响了
晨钟与暮鼓

纯诗

用了整整一年 365 次不厌其烦
整饬潜藏于心的纠结与隐忍
从光阴隙缝慢慢挤榨柔情
以与年龄不相符的单纯
天真和好奇。她向他复述
那些尚未被污染的纯诗
生长于神秘园里的果实
直接消化不了
层出不穷的修辞

一首，接着一首
一首，再接着一首
完好无损存于电脑笔记
如同受孕，接受诗神的恩赐
堆积数不清的诗意
他的心思缜密，温柔而细腻
胜于她的诗。他发现
分行排列活色生香的文字
与她的笑靥，何其相似

一颦一笑，就把梦
变成现实

造诗纪实

闯入诗的神秘王国，失眠
这位不速之客再次造访
夜猫子睡眼惺忪

精心组装汉字的语法修辞
语言蝴蝶诗意蹁跹
思想随灵感舞蹈
心灵享受激情书写快乐

脚踩祥云，手中笔化作金箍棒
一个筋斗翻出十万八千里
有如神助，易如反掌
百炼钢化成了绕指柔

遣词，造句，精雕细琢
为写好一首诗祈祷
长久承受某种极致折磨
终在淫词艳语中败下阵来

耗费心力，一辈子熬到油尽灯枯

只怕灵魂先于激情死亡

求告无门，江湖上

谁为这些文字哭泣收尸

黑镜子

词语搭起积木，垒叠文本高度
陷入亢奋，你被灵感与激情催逼
疼痛鞭笞缪斯的中枢神经
思想的额头，冒着冲破规则约束的汗珠
精神勾勒生命的形体

红酒的后劲儿，任性了睡眠
良药一剂抵抗着盲从
耳膜可以消音，减弱蛊惑和荒谬
真理不会在时间容器里变质
对委屈的和谐，发起挑战

夜的黑镜子，照见森林
无形的手把边界抱紧
检讨内心积垢将杂念清零
轻装上阵的拥抱
撞见了灵魂，不羁时辰

绝句

辞章和典故为诗的现代性争吵
语言是潜泳高手
在迂回曲折中寻找知音
诗海泛舟之人
逐流于复杂水域
一片片桨叶，溺毙晦涩语境

脱掉修辞外衣，结绳记事
想象、虚构，灿若古老宝石
怀念仓颉造字，追随
宝石的神奇，岁月穿梭飞驰
谁，助我攀上云霄
捕捉羽化成仙的呼吸，炼就绝句

字的三原色

一些黑色的字，一些白色的字
它们不是写在纸上，而是写在心里

黑色的字，写给读者
白色的字，写给自己

有一天，它们会重叠在一起
那肯定是用红色的心来献祭的

现在，一道红永远留在那里
写作者被伪装成了大作家

字的三原色，有痛苦，有委屈，有甜蜜
谁使用好它，谁是仓颉在世

标本

纸和笔，瑟瑟发抖

思维来不及更换词语

默念他的名字

咀嚼，一百种新鲜的滋味

失眠的脸，睁着苏醒的眼

寒风轻吹，吹凉了一颗心的温度

夜，无声，无色

你似蛰伏的猎手

静默中，将一首诗

制成了标本

拂晓

合上书时树梢上的夜，已睡去
你醒着，白天喝的黑褐色清咖
香气发酵潜入脑海里
睡意全无，乳腺小叶增生出来捣乱
一位年轻诗人在朋友圈宣称：不再写诗！
午夜惊起微澜，加重了失眠

看着排列整齐的一本本诗集
仿佛鱼与水。写诗。失眠。
如果说，浓茶好似古典诗词
清咖，无疑就是现代诗了
女诗人神经脆弱必甚于男诗人吗？
自问，却无法自答

抽屉里躺着以前写的诗
现在电脑文件夹里藏匿
生活压力早让妇科疾病见怪不怪
女性用肉身涵养另一首诗
承受肉体和精神的双重折磨

你我他今晚又与失眠共情

拂晓，女诗人与男诗人

相视一笑，默默地握手言和

重叠与开放

具象、心象、抽象
宇宙神秘之元气撞击
量子水墨慢慢游移
如云彩缓步之态
天空与海洋共战栗

画布上，色彩恣意
一会儿悲怆，一会儿欢喜
旁观者，左右涂抹
深一笔，浅一笔
又一种诡异

升腾，旋紧，再升腾，再旋紧
能量旋风同构风暴中心
一次元，二次元，三次元，同频共振
时间张开手掌
接纳所有重叠与开放

颤抖的手，扶不住坚持的草

纯粹，从词语出发

一切，皆可抵达

风中昂然挺立的树保持高贵的沉默

像昙花守护一寸素白之心

期待雨过天晴

在肯定与否定之间，寻找现实真相

语言的丛林陷入迷雾沼泽

无法回头的雨，淋湿将醒未醒的人

摆渡者已无岸可达

我颤抖的手，从此

扶不住，一株

坚持的草

一列地铁从身体里驶出

一列地铁从我身体里轰然

驶出。目送它疾速驶向辽阔

几个早已跃跃欲试的句子，跟着

绝尘而去。灵魂渴望欢畅地呼吸

忽略雷同的细节，耐心等待陌生化结果

安静的日子沉淀太多俗常安静

蜗居久矣，一字一句斟酌，反复推敲语法修辞

烈焰的逼问会不会暴露凌乱的逻辑

我们太过苛责自由的羁绊

请允许灵魂暂时脱离肉身

如同一列地铁从身体里

穿行而过

傍晚有风

一首诗改来改去，反复掂量
不合适的意象，夹生饭般难以下咽
为应酬而设饭局，耳酣面热容易产生误解
硌硬、滞胀缠绕舌头，那种艰涩！

他人都是迷宫，每首诗都暗藏密码
偶尔可以破译，偶尔还会迷失
禁词，有许多衍生含义
如果某个句子触动你
请忽略作者的名字

傍晚有风，吹过句子与句子的缝隙
轻盈、空旷，诗如洗过一般干净
真是幸福的时刻
你渴望，内心的忧伤
也如此被风吹暖

傍晚有风，雨就落不下来

入戏，出戏（组诗）

花旦

一双眉眼秋水荡漾

聚光灯追着她穿过舞台长廊

樱桃小口飞出莺莺燕燕吴侬软语

真假嗓音交替，酥胸起伏

秀发，是黑色瀑布还是白色月光

夸张的戏服遮挡她几寸金莲

舞台中央，正掀起一场风暴

男主角，高举一纸休书

蝴蝶拍打纸翅膀

泪水无声淌下

转身

已然分不清

过往的春秋冬夏

小生

习惯了

小生妆容的风流倜傥

习惯了

灯光由暗转明之前

迅速进入角色。场景转换

必须把曲折离奇的故事精彩呈现

声腔传递出喜怒哀乐，唱词动人

有时分辨不清真身肉身

有时却又超然物外

列队而来的蝴蝶，飘然而至的白云

因过于熟悉而缺乏悬念

侧立于幕后间隙

看别人演绎生离死别

既是演员，也是看客

舞台就像魔法师，变幻莫测

即便只剩下自己，他也不会孤独

戏中场景宛若日常尘俗生活

他既已猜透全部人生剧情

也由此看淡了

聚散

离合

观实景园林昆曲《牡丹亭》

夜色徐徐打开一轴立体山水考卷

各色人等即将登场

谭盾的音乐、张军的表演

在朱家角课植园月色的照拂下

声、光、色，情景交融、情境共生

多情小生为画中人，入梦

痴情小姐为梦中人，销魂

阴间、阳间，问世间情为何物

入戏、出戏，简单又复杂的试题

由白灯笼和红灯笼，轮番解答

判词，由各位看官画押

惊天地，泣鬼神

杜丽娘还魂，众人交卷

皆——大——欢——喜

对镜

对镜梳妆，慢慢剥离

花花绿绿的黛眉、朱唇和粉脸

卸下伪装

人到中年，好像
从年轻时做的一场梦中
突然醒来

低眉浅笑时
一个陌生的自己
破镜而出

皮影玩偶

好不容易可以在舞台上光鲜亮丽
好不容易随光影倾诉喜怒哀乐
好不容易，因观众喜欢
而有了生命活力

殊不知
光鲜是服装师和化妆师合谋的功劳
情感不过是导演手中的筹码
短暂的生命是别人手中主宰的细线

灯光明灭，你哭笑
大幕开合，你生死

空欢喜

幕启。活色生香的舞台
演绎命运的跌宕起伏，奈何做不成唯一主角
与配角，花开两枝，各表一曲

把生活新编成一出大戏
让形形色色的观众参与演出
剧情，无论悲和喜
以巨大反差退还给现实
最终以沉默，以孤寂
落下帷幕

人生敲锣打鼓
终究是一场
空欢喜

旗袍故事（组诗）

旗袍·上海

十里洋场。百乐门舞厅疯狂

旋转。欢场上，一阵浪笑声传过来

可我不明白为什么那样没心没肺

歌女、舞女、掮客、黑帮、革命者

在南京路，上演一出又一出

罗曼蒂克消亡史

夜来香穿过堂屋飘散在发际

金丝鸟的玲珑鸣啭吸引了我

华美旗袍，像虚构的精致爱情

摩登时尚的花样年华

成就了《色，戒》

醉生。梦死。笙歌。恨别

石库门弄堂口烟火气混杂着

栀子花和小馄饨的江南味道

在《上海的早晨》《日出》《马路天使》

以及《永不消逝的电波》里

没有彷徨，只有呐喊

时代变了，而旗袍永不过时

旗袍·秀

T型舞台

缤纷。缭乱

欲望，试探着边界

历史风雨忽明忽暗的

洗涤。服装革命

让旗袍写满

中国智慧

谁设计千娇百媚的

旗袍

广告牌

没有注释

旗袍·红灯笼

舞台上、电影里的道具

一袭旗袍，点燃

男人和女人的

欲望

红的黄的蓝的绿的紫的

五颜六色

红灯笼下人影憧憧

浮浪。暧昧。幽暗

它隐喻，谁的现实——

正剧和闹剧

喜剧和悲剧

旗袍·旧式女子剪影

灯盏下，持一卷书

像旧式女子揽镜

带娇，含羞

发黄的宣纸上，渡口喧哗

离别的人作揖告别

油纸伞，旧成一阕词

往事在长廊里卧谈，你赋曲

我填词，怀抱古筝弹奏

人间走了一趟

绾起发髻，依然扮不成旧式女子

旧霓裳缝隙里暗藏着新时尚

现代诗，找不到古韵了

低眉，敛语，沉吟

薄如衣的暮气覆在睫毛上

以诗词曲赋告慰此生，可好？

旗袍·影像

你我的心中都有一束光

黑暗慢慢退去，星星，点点

梦不断被召唤，光捕捉激情

写诗，也不拒绝享受鲜衣美食

着旗袍，牵起手，向着想要去的方向

酒给予勇气，还有酡然的容颜

我们能够承受，并愿意承受的

唯不老时光，纵然一脸沧桑

在温柔乡里难以抽身

光影下优雅，动人

旗袍·情人节

清晨。暴雨失惊似的落在碎石地上
忽重忽轻的旋律在草丛中凌乱
倒春寒，天空悬挂出白练
愁肠万转，推开那扇窗
心。独自在异乡流浪

对镜梳妆，我恍如与年轻的自己对话
巧遇情人节，旗袍身价别无两样
仪式感，终结于奢华浪漫的筵席
虚荣心在空气里荡漾
盼的人，未来
茶已凉

去年那件旗袍，已不知去向

旗袍·红酒

中年，白发是最不受待见的词
端详镜子里的一张脸，与昨日

并没有什么不同，今夜，故意约他

浪漫一回。换上崭新的旗袍

来到一家有情调的餐馆，刚坐下

服务生讶异的目光，让她有莫名的快感

瞅瞅身边的男人，脸不由得潮红

温柔的眼睛在朦胧的光线里

有一千种爱的表达

恍惚间，她跌入初夜陷阱

青春波浪激荡脑颅

刚抿一口红酒

她，就醉了

旗袍·兔年吉祥

你站在那儿，和鸟儿逗趣

一阵清凉晨风与一袭旗袍耳语

飘逸的丝巾，像女人细敏的心思

足下微澜的瞬间

呀，是两只玉兔，欢腾

赶赴一场十二年的约会

这个早晨因此而明媚生动

因此获得了无数美好的词句

如同你被幸福擦拭过的娇容

春，贴满窗棂

仿佛打开窗门就会飞进报春鸟儿

——这，绝不是幻觉

竖起耳朵，且听，且看

兔年的早晨，沸腾了

旗袍·婚礼

宾馆。吉日。由他们亲自选定

美味珍馐也早由他们亲自安排

牵着她的手穿过光之林影之幔

此时此刻，适合父亲最佳表情

尚未发明，眼含幸福之泪开口

祝福。古语新词流溢不舍忧伤

美艳旗袍篡改女儿素朴的娇容

从婚房到厅堂满眼尽收中国红

金色、银色、粉色的彩练花雨

喜庆天平称量出来的男欢女爱

精准，亦无法抵达亲情的深海

他大声讲着前世情人绝伦的美

仿佛这才是他今生最拿得出手

送得最为安心的一份丰厚嫁妆

全场高高举起了酒杯祝福新人

姐妹坡（组诗）

山一程，水一程

穿越五百年前的渡口
我驻足张望，看春风对大地
缠绵又眷恋。等候客船整理好笑容
我们在诗中遇见
携手，去往不老人间

光阴从齿缝溜走，沧桑
难以下咽。所幸有诗抚慰彼此
一唱，一和，岁月扬花抽穗
心似一面明镜，照见高山、沟渠
也照见，似水流年

仗剑走天涯，沙漠掠过阵雁
驼铃声悠远，山一程，水一程
才听伯牙钟子期弹一曲《高山流水》
又见桃花潭李白赠诗汪伦
美酒佳酿搅动平平仄仄，轮拢慢捻

壬寅立秋纪事

立秋的阳光穿上透明风衣
天空将淡蓝色的面颊贴在地面上
宝山经纬广场小咖啡馆，等着见证疫情后
发生的可见与不可见，量变和质变
我们在词语库里寻找那个词，自娱，两洽
我们的呼吸变暖，天气可真好
击掌，拍碎壬寅的晦气

自由舒展，音乐荡漾
欢笑间，斟上一盏白茶
从醇厚浓亮的茶水中借陈年滋味品咂
我们羞于说出赠予彼此的私语
仿佛藏身秋阳暗影里
仿佛风衣在阳光下
崭新如初

寓言
——读曹小航诗集《一米之外》

现代与古典，属于诗词的两个
境界，也是你气质的标签

柔情和理智，思考写作

明媚的一天

生活，有时是波涛汹涌的海浪

是光芒四射的火焰

有时，鸟鸣落满树林

隐藏着寓言

荆棘、雾霾、高墙

审视阳光背后的黑暗

眼神，入山透水

楚楚动人天地间

抽身暂离红尘，远方不远

吟诗诵读，风花雪月

一米之外距离恰好

往返，流连

时光，如诗

——读浅酌的诗集《替夜说出心事》

飘雪渴望温暖的炉火

你的千山万水，铺满桃花朵朵

鸟儿啁啾，唱尽庙堂烟火
淡淡侧影是岁月漂洗的洒脱
时光，如诗。我们别无选择
替夜说出心事，空怀寂寞

与天空、河流、大地对视
把汉字安顿于大自然的诗行中
用双足丈量语言的疆界
诗意尽在风景之外
又在你视线之内
举手投足间

你从不陈述日升与月落
破除执念，聆听命运嘱托
执笔著文—如巧设棋局
机锋妙语，斟酌摩挲
字字，珠玑
句句，圆润

大海，收藏另一个我
——赠枫肥

你把心，置于孤岛

封锁一切救援航道

漫长的沉默，尽头是死海

失踪，是名词还是动词

我的灵感没有方向

溺水的诗，苦等返航目光打捞

它们都不是鳄鱼，游不上岸

海藻缠绕橹桨，爱情小舟覆亡

生活利斧劈开一条深深海峡

幽闭沉默的心从此害怕波浪

跌宕起伏的蓝光，被泪水收藏

行吟诗人

他是一位行吟诗人，常常乐于探险
词语森林边界，无法穷尽其中乐趣
他日出而作，在森林中寻觅和分辨
有时鸟儿清脆明亮的鸣叫，如雨滴
有时阒寂的小路，暗藏思念的潜流
有时旭日的笑脸，如新娘娇羞脸庞
有时黑夜神秘叠影，孕育万物生灵
词语派生的游戏，不在乎是输是赢
仿佛有黄金屋，颜如玉，福禄寿喜
这般美妙境界，让他为之沉醉着迷
当他沉睡，无人知道他梦到了什么
他化身一尊神，一个王，一座庙宇
此刻，四周一片宁静，安详，富足
直到他醒来，直到他高声唱了出来
语言想象之外的世界如此自然真实
不再需要赋予其他永恒存在的意义

柔软颂

——重读黄晓华诗集《春天远去》

为你，我不得不省下自己汹涌而出的

泪水，值得为之抱头痛哭的并不是太多

把身体拉伸弯曲，弯曲又拉伸

再三使劲儿用力至每一寸肌肤

像芭蕾舞演员那样轻盈

直至我坚硬的心变柔软

犹如天空的，白云

犹如大地的，棉花

犹如山涧的，溪流

犹如人间的，清风

柔软像一件命运的器皿，盛装简单洁净透明

又像一首经典之诗，不管是谁

难以割舍直抵人心的文字

世界的痛，以美的方式展示

颂歌献给生活的强者，随春天远去的你

不因花期短暂而被遗忘

春风为你写下自由人生，高贵且

最——为——轻——柔……

语言开出美丽的花

——写给"星星的孩子"

从出生那天开始，你心里
筑有一座坚固的城堡
一砖一瓦，一草一木
艰难垒砌只属于自己的世界
绿荫 挂钟 高马

你独自躺在草地上
沐浴和煦的日光
闭上双目——
静听心灵的钟声，嘀嗒，嘀嗒
骑着高马奔驰向远方

封闭自己，隔离他人
听不到，知了聒噪鸣唱
不理睬，他人是非评价
绿荫下没有尘俗干扰
你安静描绘斑斓的画

慢慢靠近那座神秘封闭的城堡

多想用祝福和微笑敲开你的心窗

走出来吧，打开心扉拥抱城堡外的金光

生命将流溢永恒的沙

那是语言开出最美的花

妙手回春

——赞魏氏伤科医生

劳作错位导致筋骨疼痛

期待这双有力而柔软的手

拉伸，舒缓，解乏，复位

瑞金医院魏氏伤科传人

每位都有手术刀般精准的医术

心怀"道骨"；"歧黄"藏胸

白衣天使扎根民间，几贴中草药活血止疼

平日里笑脸一张，暖语巧对

贴心话，尽显悲悯之心

手上活儿干净利索：点穴、舒筋、正骨

他们深知——

"唯德正，骨才正"

"正骨者，须正德"

广博慈爱，大赞华佗妙手回春

医者仁心，解除人间万般疾苦

端午

——悼屈原

你纵身一跃汩罗江，从此让

古今诗人平添许多悲戚与忧伤

远方，可能就是一条湍急的河流

生命的绝响，也难成就

一生的理想。端午

缅怀，长歌当哭

《离骚》《九歌》《天问》，诗魂求索

路何其之漫长，诗篇连同艾草的

熏香，撞击中华大地胸膛

君臣人神，龙舟划过几千年

后浪，追逐着前浪

滔滔江水奔腾家国情怀

煮沸楚佞谗言，沮丧、不屈、抗争

如同端午粽子包裹着各种滋味

这一天，诗人的酸甜苦辣

念及成殇。扎艾草、敲鼓点

寂寥或铿锵，举国上下

因三闾大夫
而悲伤

册页

——题北宋范宽《溪山行旅图》

溪山无恙，绢丝上瀑布干涸多年

大宋云雾早已退回峡谷山背

后人在画前驻足。但见

褐色山石巍然，林间落满旧叶

历史尘烟裹着商旅马队蹄声

赶赴千年之约。这寂静的深山飞瀑

这层峦叠嶂中的鸟语蛙鸣

从宋朝穿越时空，响彻云霄

挤在人群中享受震撼之美

风景看久了，眼睛便会迟钝

万物都有生命周期，古往今来

可叹多少才俊试图续写经典

谁知沉默，才是无法仿制的册页

孕：未来之诗

我喜欢这样的生活

像真爱一个人似的爱写诗

出版一本诗集犹如孕育一个孩子

十月怀胎，以缓慢速度在温暖的子宫里成长

激情和想象力就是全部营养

每天构思孩子的模样

宛如雕琢一件精美的艺术品

一笔一画，小心翼翼

如何遣词，如何造句，如何成型

如何上色添彩，如何烧制出窑

如何在呱呱落地之前

不被外人窥探内心的秘密

暗地里，以虔诚之心憧憬，偷偷欢喜

诗人犹如年轻的母亲

当孩子降临，幸福地哭泣

自由飞行

你的文字托举，深情之处长出一双翅膀
飞过河流、村庄、森林、沙漠、雪山
到达鹰的高度，它是天空的王者
享有王者的自由、尊严和荣耀

向上飞行的难度不断加大
保持匀速继续向前
不求甚解的胸膛终因阻力
让柔软的伤口渗出血水
以加速度向下俯冲
受到滋养的文字获取新的力量
飞翔的姿态更加坚强

飞行，如果必须加置定语
我已感觉窒息
自由，如果是风的舵手
我羡慕落叶独享的那份专利

重新飞起来，为了飞得更高

我把我，放到了语言的风口上

等候

对话框是一亩良田
每个词、每句话如同一粒种子
耙田，耘地，插秧，施肥
你畅想秋天收获的季节
乐在其中，消耗自己的精气神

经过太多曲折与误解的层层垒砌
此刻，我只想像一块石头
原封不动待在出生地

任何建筑师，无法搬移
任何雕塑家，无法雕琢
坚硬，粗陋，固执，沉默
以本真之心，等候点石成金之人

拧亮生命里的那一束光

枫肥

认识崔丽娟源于诗歌，她的第一本诗集《未竟之旅》几乎是在毫无征兆的情况下，出现在上海诗坛，在海一般辽阔的沪上惊起浪花一朵，凭我的第六感觉，她是沪上诗坛的一匹黑马，便为她写下《春天，已不遥远》。

如今，崔丽娟将出第四本诗集《有后缀的时间》。当她把全部编辑好的打印诗稿递给我时，作为她的好友，我由衷地欢喜，觉得她身上有一种一而再、再而三地对诗歌的痴迷。

出版第一本诗集时，著名诗人赵丽宏在序中称赞她不到一年时间写就这本诗集，写作的速度和效率让人惊异。出版第二本诗集《无尽之河》时，著名女诗人张烨也在序中对她的高产表示惊愕与诧异。据我所知，崔丽娟的第一本诗集是用半年时间写就的，第二本诗集她花了八个月时间完成，第三本诗集她花了十个月写成。这次她的第四本诗集，因为中间穿插做了诗人访谈和写作诗歌评论文章，所以她用了两年半时间写成。

　　似乎因为有了前三本诗集的铺垫，她从 2021 年底开始至 2024 年，持续访谈近四十位在当今中国诗坛有影响力的诗人，这本访谈录得到了王家新、耿占春、霍俊明、沈苇、钱文亮等国内知名评论家、诗人、大学教授的首肯并为其写推荐语，钱教授称："崔丽娟做了许多专业诗歌研究者尚未涉足的当代诗歌的'田野调查'，殊为可贵可赞！"王家新言："与诗人对话，倾听与言说，提问与回答，这里的每篇访谈都是一个角度，引导人们进入当今时代诗的现场。"霍俊明评价："崔丽娟经三年之久完成的系列诗人访谈已成为现象级的文本。她不仅呈现了当代诗歌多元、差异性的诗学视界以及诗人个性鲜明的精神肖像，而且在描述、辨认、确立'当代诗学'历史构造的过程中装订了一本丰厚而富有启示性的诗歌档案。"

　　正如《上海作家》主编杨斌华在崔丽娟第三本诗集《会思考的鱼》的序文中称她为诗坛的旁观者与闯入者一样，崔丽娟几乎从旁观者的角度一下子成了参与者，并且对诗歌有了一定的研究，除了做诗人访谈，其间还写了不少诗歌评论文章，这不仅引起诗坛的注目，甚至成为一种现象，但是她最在意的是诗歌创作。诗人、评论家耿占春说："访谈者崔丽娟本人也是一位优秀的诗人，她内行的提问与精彩纷呈的对话带领读者深入每一位诗人独特的内在世界，它比理论批评更生动，比诗歌史更直观，也更具个性魅力。"

生命里的那一束光

我认为，诗歌是她生命里的一束光，照亮别人更是照亮她自己。这光原本一直沉睡，从2018年开始重新点亮，然后散发出来。作为其好友，捧起这本她的新诗稿阅读，好多诗歌似曾相识，但又有不少陌生感与距离感，感觉这是崔丽娟的一个华丽转身，这本诗集既是之前她诗风的一个分水岭，可能也是她以后诗风的新的开端。

她写诗从某种意义上说可能是完成她少女时代的一个梦。崔丽娟十五岁那年，她读到了她父亲书房里的几位俄罗斯诗人的诗选，由此一颗喜爱诗歌的种子被埋下，但因为学业与事业的缘故，她的诗情在泥土里沉睡，直到知天命之年，她才把梦一节节打开。

我赞赏崔丽娟，并非因为我们是好友才如此。其实我与她算得上是诤友，我们原本是两条轨迹上行走的人，但因为诗歌结缘而走到一起，也因为诗歌，我、崔丽娟、曹小航、浅酌（丁丽君）以一种好玩的心态时不时以组合的形式出现在自媒体公众号上，这样已持续四年。这四年中，我们之间没有功利性。该说"不"时，就说"不"；该说"是"时，就说"是"。她更会虚心求教，新写的这首或那首如何？她会主动征询意见，完全没有架子，我也会把我的第六感告知她。

于是，我们的交往有了一种松弛感，记得有一次相聚之后的晚上，她发给我一首诗。我读了一遍后，哽咽着泪流满面。

那首诗的名字叫《大海，收藏另一个我》。我读完这首诗，感觉如一个沉睡多年的按钮被启动，被击中，让人猝不及防。我后来再读，虽然不再流泪，但最初阅读它的感觉却深深烙在我心底。此诗打动我的关键不是因为它由一个元素构成，而是它有一种三维立体结构支撑着，比如生活中的外在特征，以情感为核心的心理特征等。这些内容在恰当时机用诗的形式组合起来，从而构成一个完美的结构。一位德国诗人说："心灵的宝座建立在内心世界和外在世界相通之处，在这两个世界重叠的每一个点上。"崖丽娟的诗歌就踩到了我的一个点上，因此引起了我的共情。

我与崖丽娟的共情，让诗歌在我们的生活里投下一束光。有了这束光，我们便觉得充实。

诗歌形象中的感情优势

崖丽娟在诗歌上能以这样惊人的速度和惊人的创作量闯进诗坛，我认为与她多年从事文艺相关工作是分不开的（她长期做文艺记者，后来还当过上海越剧院副院长），戏曲里的故事可以使原本她内心最深处的不知觉的魔方旋转起来，并且可以积累艺术素材，从而在生活的实践与艺术审美的实践中，进行某种艺术的发酵。所以她一旦进入诗歌领域，便一发不可收。她有了哲学家式的概括力，诗的意象、诗的常用形象也不被写得通俗化。这些使得在这本诗稿中，她语言中的感觉与知觉表达更为自如，在意象上也有了新的变化。

如《在落日前净手》，这首诗的题目首先吸引了我，"净手"一词，对于我而言是神圣的，如抄经，最后落款处会注明某年某月净手抄。然后是诗本身给我一幅画面，"海天一色蓝"。落日就是美景，从视觉方面看，"暮色托举起，温柔的面颊"。突然我想，暮色、大海、千里风、万顷波浪都是有所指向，是未知也是已知。我喜欢这种似乎说了又没说的朦胧的感觉。

崔丽娟在写出一首首诗时，从某一种角度上看是在不断挖掘自我，也是一种自我疗伤，或是自我净化。一首诗可能就是一次失眠，一次抉择。

如《向内》，这首诗的开端一段，吸引人，人生原本不会平坦，失眠有时成了常客。她用时间失眠，而不是自己的失眠，我觉得这个比喻新颖，语言的陌生感，带来了诗的灵动，尤其还用了"回拨"两字，好！形象了，给人一种错位的感觉，诗歌有时就是错位中的组合，似乎不可思议，但似乎又合情合理。

又如《黑夜冷下它的脸》，诗题亮眼，她把遗忘比作石头。诗歌尾段，"碎石的哀嚎／垒砌成了／自我的囚牢"，我觉得这个比喻刺激。该诗主题还有红尘，读到这里，我感觉文学中如果没有爱，那将是多么单调。

再如《泅渡》，这首诗切入点小，角度与整首诗所借喻的事物比较常见，但诗人将另一种陌生的语言与诗歌技巧和谐连接，尤其用了"望夫石"这个意象，扩展了所要表达的广度，加强了故事性，使得诗歌语言有张力，有节奏感，意境空灵。以"时间就是魔杖"到最后"追赶时间"，让人感觉似乎回到开始的意境中，表达出人生的境遇如此循环，虽然时有两难，但必须要做出抉择，也就是在"泗渡"，从而再次点题。该诗呈现出一种历经沧桑后的豁达，让人跟着诗的旋律舞之蹈之，并且内容短小精练，颇为明快，品读之后令人回味无穷。

在这本诗集中，我看到诗人崔丽娟在自己的诗歌语言体系中，还是打着感情牌，虽然没有之前三本明显了，但诗歌形象中的感情优势在那里，这是她诗歌语言体系里的一杯好酒，越酿越醇厚。

与词语的相遇成就新视野

崔丽娟的审美范畴中有不确定性，她运用的词语使其意象不同以往，是词语遇到她，还是她捡回的词语成就出一种新视野？这里我选几首我印象深刻的诗，做一下简要分析。

《寂寞，无非是》中的"寂寞，无非是黏附于潮湿情绪上的蜗牛"，崔丽娟将蜗牛与寂寞联系在一起，这样的表达颇为新颖。

《时间有洁净的白》中的"时间有洁净的白 / 隐于晨暮"，洁净一词读来，使人有股暖流涌起。

《感觉》中的"口吐莲花之人 / 语气中暗藏的 / 那一根 / 刺 /

激灵麻木的 / 神经"，口吐莲花与刺似乎是两个极端，视角、感觉上给人诡异之感。

《野草一直茂盛》中的"时间的弹簧向两头拉扯"，崖丽娟把时间比作弹簧，读来让人觉得这是个有趣的意象。

《夏日素描》中的"眼神"，"经雨水清洗揉搓 / 瞬时变成一块爱嫉妒的橡皮擦"，橡皮擦这个比喻，让人感觉陌生而又有新意。

《沙漏》中的"沙漏是时间的利刃还是仆役 / 一刻不歇把时间垂直切割 / 悬崖般，坠落 / 标准的流水线条，细腻像暗喻的诗行"，这一段意象连连的表述使读者对沙漏有了深刻的印象，给人一种喘不过气的惊异之感。

《册页》中的"谁知沉默，才是无法仿制的册页"，诗人将沉默与册页联系在一起，让人有种新鲜之感。

我读这本诗稿时，惊疑会时不时冒出来。崖丽娟有长年做记者的敏锐感，还有女人的感性以及潜藏的理性。她将这些感觉合理地运用到了诗歌和诗歌研究中，这似乎是在尝试、在摸索，因此她的诗歌在语言变化方面就有种神秘感。在她的诗集里，就能找到不少我所喜欢的那种深藏在诗行中的神秘感。

拧亮这束光

虽然崖丽娟在诗歌这条路上勇毅前行，但她有时也会说，好像没有了诗情。可过不了几天，她就又会写出一首诗。我曾对她说，因为你从出生、工作到现在，你的起点、你的工作、你的日常生活从某一种角度来说，是很多人所追求的一个高度。我认为如果一个人没有经历所谓的苦难，没有所谓的撕心裂肺的一段过往，那他写的文学作品就很难让人共情，或者很难深入读者的心。但有句话又说，"可怜之人必有可恨之处"，你也不希望人家用这种方式关注你。你相信自己是不一样的烟火，可以活出自己的优雅，这是当代知性女子自然而然所追求的。就如有一部分人说到海上画坛的画风时会提到一个"甜"字一样，海上诗坛的诗风可能也免不了这个"甜"字，不过这也是一种海派元素，海派的文化现象。

我相信其实很多人在关注她的诗歌访谈时，也关注到了她的诗歌作品。我想，唯有对诗歌创作有激情、有想象、有热爱、有情怀，才会对诗歌评论产生更多的激情、想象、热爱与情怀。因为作为诗人出身的评论家更能挖掘出另外一位诗人作品中意想不到的深意，从而与之产生更多的共鸣。

曾接受崔丽娟访谈的诗人冯晏对她的诗歌评价道："读崔丽娟的新诗集《有后缀的时间》，我从中看到了诗人在语言探索、创新与恋旧等一些充满矛盾问题中寻找平衡点的尝试和努力。新诗未来的走向主要取决于认知，每一个诗人都努力在个人认知的前沿上突破自己。在崔丽娟所做的《中国当代诗人访谈录》中，我了解到她对诗歌写作在语言探索等方面的一些理论性认识，以及她对写作未来性等有关问题的深入思考。"

在诗歌创作道路上，要写出好的作品，很有可能得面临孤独的状态。但我相信崖丽娟有很多的路可以选择，她善于抉择，舍得付出，勇于坚持，所以她比常人获得了更高的幸福指数。有句话说得好，"最孤立的人就是最有力量的人。"我相信，她已感知到她生命里的那一束光，并懂得如何来拧亮。

作为看着崖丽娟在诗歌之路上一路走来的一位诗友、诤友，我期望这本诗集给她带来一次蝶变。

再次祝贺！

2024 年 6 月 9 日

（枫肥，中国作家协会会员，上海市作家协会理事，诗人。）

重塑的观看之道

彭杰

相信和许多读者一样，我对崔丽娟女士的语言能量的第一印象，倒并非来自其诗作。而是她近三年在"南方诗歌"新媒体平台上陆续发布的诗歌访谈，这些访谈已不仅是新诗研究领域内的重要一手资料，而且也以其幽微的洞察力与广博的视野，使得种种睿智深邃的人格，得以彰显，波动了当代文化整饬同调的心智秩序。显然，此等观察力的发生，并不只是对采访对象及其身处场域的勾勒，而是为着悖谬式地阻断写作场域的限制，以朝向某种更为宽广的诗的未来。在崔丽娟的诗歌访谈背后，始终有一种特定的观察方式在发挥效力。一方面，她致力于处理"影像与文字"之间的相互关系，分辨已然被视觉性嵌入的社会关系；另一方面，她能穿透消费时代循环再生产的"仿像"，避开传统访谈中因袭的窠臼。譬如，《崔丽娟对话胡桑：诗源于一个内在的决定》中，她就颇为扼要地提出了这样一个问题：

在《当代诗：走向伦理》一文中你试着突破对技术和形式本身的沉溺，试图克服技术诗学和形式诗学的禁锢，去关照光怪陆离、错综复杂、风云流变的当代生活，和在生活旋涡里盘旋漫游的他者。那么，这种伦理转向是否真的使自己的写作核心发生质的变化？

其实，所谓"技术诗学和形式诗学的禁锢"，与其说是停留在诗学层面上，不如说，它们本就是当代视界政体的运转规则。从来没有哪个时代这般被影像所挤占，以至于视觉感知构成了道德与伦理观念的主要资源。只是，在视觉技术的盛宴中，所有具体的可感物让位于远景，远景又被内在性质单一且形象变化不辍的视象所取代。这类观看之道的底层逻辑，可能正如约翰·伯格所说的："我们从来就不只是看一样东西；我们总是在看东西和我们之间的关系。"由此，"技术诗学和形式诗学"中，当代诗人们总是身处在孤立、封闭，宛若暗箱般的心智营构中。他们虚构出一种拟私人化空间，通过"想象力感受力"的免责，以及语言可能性的分型、折射，试图摆脱市场营销与意识形态的视觉控制。诗人们对历史、场景与公众经验的取材，也大抵依赖某种当代普遍的"自我专注"，或俗称的"自恋"。而文本之外，写作非但未能搅动视觉秩序的规划，也全然丧失了其拓殖、重塑感性的能量。

不过，倘若说公众媒体的视觉技术，已然导致了个体的理性、感性与物质生活实践，均屈从于某种观看方法的限制。那么，一种"朝向未来的写作"，或许便是重新发明一种观看的方法，重新探讨技术与人之间的可能性，以建构出一个省思清醒的现代主体。这种尝试，在崖丽娟的访谈中已有势头。

不过，访谈毕竟需要适应对象的人生履历、问题向度与言说风格等，而在新诗写作中，崖丽娟已然能够充分地把握观看的动态结构，试看这首《走在落满余晖的林荫路上》，从"8号楼""5号楼"再到"1号楼"，镜头伴随着步履的摇晃被推向远景。当视觉感知逐渐铺展，建立起空间的边界，落满余晖的林荫小路，已不仅是某种地理维度的框架。它同样作为一种内心时间的具象，指涉傍晚归来的复现式视觉经验："不知不觉已住满十五年。"不过，这种视觉想象力大抵仍是内在幽微感受的精雕，甚至无意中已然暴力消费了周遭景物。但随即，观看过程被整个错位、颠倒了。曾经的凝视者，不仅观察到了"天空的云彩"的姿态，也反向被吸纳进了"云彩"的视野。对观看之道有限性的追问，使得现存视觉机制压抑的事物，也开始恢复自身的感性光泽。崖丽娟诗歌中这种双向的审视，绘制出一种当代视觉观察方式的替代性方法，即将自我的凝视放置在物的凝视内部，由此定位到一个受限的主体上。其实，做此理解的有限性，并非是源于主体的匮乏，并非是对无限性的反叛与消解，而恰恰是使得写作，认知自我成为可能的契机。在有限性与无限性的应力结构中，两者必须获得同等的关注，以一方面辨识生活的平庸化和狭隘化，另一方面能敞开当代诗人们的"自我专注"，从而转向某种更为宽阔的视野。

在另一首诗《野草一直茂盛》中，崖丽娟同样沿用了这种观看之道。"大风呼呼作响"，几近等同于时代的运作方式。诗人们"草儿"般"随风起舞"，看似张牙舞爪的写作之"新"，不过是内在姿态的激情转变，于周遭世界而言，多少丧失了针对性的警觉与提问。而在崖丽娟的写作中，她将自己置身于某个历史幽灵的视界内，重新想象历史情境中，那个有限却试图拥抱无限的陌生个体。于新诗行当而言，当我们在强调新诗如何作为心灵的抒发、真诚性的寻求，如何承担安心的、诗意的栖居，借助它以完善那些虚构的、不再具备现实批判力的人格构型时，我们不妨将其翻转过来，如崖丽娟这般观察自我写作如何被"90年代诗学"，乃至更早的意识形态盯着看，从而将语言真正地转化为势能。

其实，现代性不仅以视觉为中心，也早已与语言以及其他感官相互缠绕。这不仅在于视觉影像的普及化，或人们熟稔于使用视觉来进入世界，传达世界的知识，更在于我们与视觉实践互动的程度日益加深。由此，不仅视觉感官形塑了认知，而且来自其他感官的一切认知，同样可以被转译为视觉感受，也就是鲍德里亚所指称的世界全面拟像化。在他看来，当今的影像已经脱离了同真实世界的关联，通过虚构形象在世界内的增殖与替代，反向宰制了世界。显然，我们已经无法回到图像普及化之前的时代，也不能任由自身被模拟技术内在的品行所侵占。如何在知识被再编码的进程中，为其赋予一种视象业已遗忘的肉身性，强调那些与特殊材料遭遇而创生出的独特身体与感观的经验，或许便构成了从视觉秩序中脱身而出的"逃逸线"。对此，崔丽娟也在其文本中有所探索，在《飘过房顶的歌声》这首诗中，崔丽娟写静夜场景中的身心感知，主题无甚稀奇。但与其说崔丽娟是在用耳去捕获黑暗中碰撞的声音，并将其记录下来，不如说她是通过凝视夜空，照亮了世界晦暗的内部。光线和声音共同作为驱动感官运转的一种外在刺激，如同光使得昏暗的空间显现，通过"各类食材"的"沸腾游戏"，猫的踱步声，以及黑色钢琴的侘傺，白色键盘的抱怨等使声音变得灵动起来。在崔丽娟的诗歌中，各种感官总能被转译成一种被观看的事物，并通过这种敞显，捕获自身确切的肉身形象。再如"夜的声音寻找某种方式 / 读懂自己。"（《十月·秋色》)，"满屋水果香味与多义复合词纠缠争吵"（《且当一首歌》)。视觉感官对知识的再编码，已然隐喻了重塑视界关系的渴望。崔丽娟似乎要用某种视觉的旋涡，从日益抽象的当代生活中吮吸一种匮乏的可感性。而这种果敢与笃定，正是为着朝向那个被影像填满的世界中，重新开辟的替代性现实。

崔丽娟这些写作的内在逻辑，多少暗合了她耗时数年花费大量心力所完成的访谈，即从历史化、"景观化"的当代诗人群体那里，以强力、准确的观看之道，抢救出一个个时时自我拂拭的心智。尽管崖丽娟的视觉构造方式，还未能从空间、语言和历史的维度中得到细致分辨，但也已足够使我们注意到，在那些维续健全感性的关键节点上，崖丽娟总能以瓷器一瞬闪光般的清醒，打开凝视与被凝视的复杂格局与脉络。

2024 年 5 月 30 日

（彭杰，中央民族大学在读文学博士。）

诗人，你是时间的人质

崔丽娟

我知道，近几年诗友们对我创作状态进行评价时说的最多的话是"厚积薄发""成功跨界""斜杠人生""诗意生活"。

一时间，我竟有一些恍惚。

在自己的人生奋斗目标中，似乎没有跨界概念。但又或许命运让我被动跨界了。比如写诗这件事情，缘起于我十五岁那年。那一年，我在父亲引导下开始接触、学写新诗。之后，我本以为高中毕业顺顺当当考入大学中文系深造，由此便可实现自己的"作家梦"，戴上"诗人"桂冠，却阴差阳错被大学历史系录取。当年，转系手续很是麻烦，我又是特别怕麻烦的人，于是，我就老老实实待在历史系读完了本科和研究生。七年大学求学阶段虽也发表过诗歌、散文、随笔，还写过没有发表的小说，但与跨界是完全不沾边的，只能算是坚持文学爱好而已。20世纪90年代，我参加工作后，一个偶然的机遇，从历史专业转行到新闻传媒行业，一干就是二十年。那时，广播电视事业正如日中天、蓬勃发展，然而诗歌却不断被边缘化，终因大环境和个人工作、生活重心转移，我不得不中断文学创作。没想到这一中断，我居然有二十多年就再没怎么认真对待写诗这件事情，至今想来，后悔莫及。

我重拾诗歌创作的感觉像是中年遇到初恋，一时竟难以把持，激情澎湃，朝思暮想。连续三年（2019 年至 2021 年），我每年出版一本诗集，分别是：《未竟之旅》《无尽之河》《会思考的鱼》。随之在写诗过程中，我又对写诗歌评论、做诗人访谈产生兴趣。在 2021 年至 2024 年，我不仅写了二十多篇诗歌批评文章，而且陆续完成对近四十位中国当代重要诗人、诗歌批评家的访谈，这个系列访谈引起较大反响，即将结集为《中国当代诗人访谈录》出版。旁人颇觉诧异，认为我这样"跨界"太不可思议了，我转型发展的"斜杠人生"太完美无瑕了。其实，哪有不可思议？更何谈完美无瑕？我自小痴迷于诗，学海无涯，人生有限，一生能做好一件事情足矣。我深知，当今时代名和利的诱惑那么多，生活中，很多人其实对"诗人"很不以为然。但是，依然会遇到很多勇敢的同道中人。"写吧，写吧，诗人，你是时间的人质。"这是帕斯捷尔纳克的诗句。那就听从命运的召唤，写吧，写吧！如果从我十五岁接触新诗算起，四十多年来我一直执着的是：读诗和写诗。

《有后缀的时间》的书名取自本诗集里的一首同名诗。这首诗发表后，被不同编辑选进几个诗歌选本。收入本书的诗作绝大多数是我近两年的新作，小部分是修改后的旧作。本诗集共分四辑：辑一主旨是对时光的思索；辑二主旨是对生命的珍重；辑三主旨是关于爱情的感悟；辑四主旨是关于诗歌的礼赞。

序一选用章念驰先生在2023年发表过的一篇文章，实乃因我心中十二万分地感念章念驰先生对后辈的殷殷厚爱之情。编辑本书时，章先生患重病住在医院里，在此向先生表达诚挚敬意并祝福先生早日康复。序二为中国文艺评论家协会原副主席、文艺评论家毛时安先生所作，他是专家学者，也是我在上海文化广播影视集团工作时的老领导。我们已经相识三十年，非常感谢他对我的无私帮助和大力支持。感谢作家、诗人赵丽宏先生题写扉页书名。感谢我的好友诗人枫肥、中央民族大学文学博士彭杰认真阅读本诗稿后分别为本书作跋，他们的见解颇为独到，剖析十分中肯，满篇充满鼓励。最后，还要感谢北岳文艺出版社党总支书记、社长、总编辑郭文礼，副总编辑刘文飞，责任编辑范戈，没有他们的认可和辛勤付出，就没有本书的面世。

诗歌是命运恩赐给我的一份厚礼，回首来时路，与诗相伴，欢愉，充实，无怨，无悔。感谢诗歌！感谢广大读者！

2024年7月21日

崖丽娟

壮族。出生于广西，现居上海。

中国作家协会会员、中国诗歌学会会员。

1985 年开始发表作品，2019 年加入上海市作家协会，2021 年加入中国诗歌学会，2023 年加入中国作家协会。在《诗刊》《星星诗刊》《诗选刊》《扬子江诗刊》《诗林》《诗潮》《当代·诗歌》《作家》《中国文艺家》《作品》《上海文学》《百家评论》《新文学评论》等刊物发表诗歌、诗歌评论、诗人访谈 200 多万字，作品入选各种年度选本。

《未竟之旅》获上海文化发展基金会 2019 年度第一期上海文化艺术资助项目。

《会思考的鱼》获上海市作家协会 2021 年度会员优秀作品奖。

2021 年、2022 年连续两年被中国诗歌学会评为全国百名"优秀会员"。

2023 年被中国诗歌春节晚会评为全国十佳评论家。

代表作品

诗集

《未竟之旅》

《无尽之河》

《会思考的鱼》

《有后缀的时间》

即将出版作品

评论集

《中国当代诗人访谈录》

有度文化

北岳好书坊

有后缀的时间

出 品 人│郭文礼　　　选题策划│刘文飞　　责任编辑│范　戈

复　　审│马　峻　　终　审│郭文礼　　装帧设计│张永文

印装监制│郭　勇　　项目运营│有度文化·刘文飞工作室

投稿邮箱│liuwenfei0223@163.com

微　　博│http://weibo.com/liuwenfei0223　微信公众号│YOUDU_CULTURE